여름이
　　내게 들어와
　　　　　　　꽃이 되었다

여름이 내게 들어와 꽃이 되었다

송지연 지음

하루의 공간에
머무는 건
그리움입니다.

추억은 사계절의 영락(榮落)과 함께하며
첫 수필집을 내는
원동력이 되었습니다.

_작가의 말(열며) 에서

바른북스

어떤 그리움,
그리고

나의 하루가 열립니다. 길다고 투정하면, 달빛을 벗 삼아 구름처럼 떠
도는 나그네처럼 서둘러 곁을 떠납니다. 짧다고 하소하면, 건너편 산잔
등을 타고 오르는 붉은 감노을처럼 오래 머물렀다 갑니다. 물 한 모금에
온 생을 의지하는 완두콩처럼 글 한 줄에 삶의 의지가 훨훨 불타올랐지
요. 잠시 머물다 가는 삶에서, 오늘도 나의 하루는 천천히 발길을 내딛습
니다. 목적지는 정하지 않았지만, 내딛는 발걸음마다 정취가 묻어납니다.
서두르지 않고 마냥 먼눈팔며 가는 길에서 평소에 안 보이던 것들이 차례
로 눈에 들어옵니다. 그냥 현실에 존재하지 않아도, 눈에 선하니 보이는
것들도 있습니다. 발길 가는 대로, 애쓰지 않아도 눈에 들어오는 풍경 하
나하나에 의미를 부여합니다. 글을 쓰는 이유인지도 모릅니다.

세월 갈수록 세상의 아름다운 면만 점차 부각되기 시작합니다. 마음 씀씀이 그렇게 흘러가는 건, 아무래도 아름답지 않은 건 배제하고 싶은 속마음의 표출이 아닐는지요. 절묘한 풍광에 마음을 빼앗기지만, 가장 아름다운 건 어린아이의 눈망울입니다. 바라만 봐도 절로 웃음이 나옵니다. 들여다보면 자꾸 빨려 들어갑니다. 어린아이일 때 왜 빨리 어른이 되고 싶어 했는지요. 오래 바라보아도 또다시 보고 싶습니다. 순수가 허무를 이기나 봅니다. 무의 공간에서 유를 창조하는 작은 뇌의 진화에 감탄사를 연발합니다. 어린아이 앞에선 행복이란 단어가 더욱 귀하고 소중합니다. 어린아이와 함께하는 순간만큼은 세상의 어떤 부귀영화보다 값진 시간입니다. 살아내야 할 이유입니다.

하루의 공간에 머무는 건 그리움입니다. 추억은 켜켜이 쌓여있다지요. 지난날의 회상을 하나씩 꺼내 머릿속 사진첩에 저장합니다. 그중에서 아름다운 기억을 많이 떠올리려 애씁니다. 추억은 사계절의 영락(榮落)과 함께하며 첫 수필집을 내는 원동력이 되었습니다. 앞으로도 글로 엮어나갈 자양분이 되겠지요.

《여름이 내게 들어와 꽃이 되었다》가 나오기까지 수고해 주신 분들과 사랑하는 가족에게 깊이 감사하는 마음을 전합니다.

2023년 금빛 햇살 드리우는 3월에
송 지 연

목차

Ⅰ. 아버지의 바다

II. 마음 깊은 곳, 그리움

III. 개나리는 봄을 배반하지 않았다

IV.　가을로 가는 길목에서

V.　겨울 이야기

I.

아버지의 바다

아버지의 바다

                     바다가 부서지게 짙푸른 파도는 휘몰아친다. 흰 포말을 거칠게 베어내며 몸서리치듯 무너져 내린다. 움찔 놀라 뒷걸음질치는데, 도무지 물러서면 안 되는 숨 가쁜 인생의 질곡이 무서리처럼 달라붙는다. 허투루 산 인생이 아니라면 잠시라도 편히 쉬어갈 수는 없는 걸까. 고달프고 힘들어도 어떻게든 역경을 헤쳐나가야 싸라기 같은 작은 문이 겨우 열린다. 이어서 닿을 수 없는 까마득한 높이에 매달려 있는 절벽 같은 문이 또 흐려진 시야를 가로막는다. 비틀거리는 몸을 가다듬고, 골똘히 궁리하며 비장(悲壯)한 마음으로 나가야 한다. 잠시 숨을 고르고 나서 힘껏 달음질쳐 나가야 한다. 고단한 삶이어도, 초승달 눈 같은 가느다란 희망을 품고 거미줄같이 엉켜있는 노회(老獪)한 실타래를 하나씩 풀어나가는 용기가 필요하다. 그 긴 여정은 남루하거나 회한이 밀려오는 허탈한 슬픔만을 잉태하지는 않는다.

전쟁이 끝난 후, 작고 아담한 구멍가게에는 몸의 어느 한쪽이 불구인 상이군인들이 유난히 붐볐다. 한쪽 팔 대신 손 모양의 쇠갈퀴 같은 것을 차고 한쪽 다리 대신 손잡이 달린 지팡이에 몸을 기댔다. 그들은 하릴없이 담배를 줄곧 피워 물고 있었다. 6·25전쟁의 핏빛 상흔은 부산 광안리 일대의 어수선한 분위기에 편승하였다. 마음은 온전하지만 온전하지 않은 몸을 가진 상이군인들이 넘쳐났다. 한때는 패기 넘치던 젊은 군인들의 허망한 눈빛이 거리 곳곳에 넘쳐났다. 아버지는 장교였기에 그나마 봉합 수술로 다친 한쪽 다리를 온전하게 보존할 수 있었다. 총탄에 찢어진 넓적다리 살은 얼기설기 꿰맨 자국이 눈에 띄게 선명하였다. 신경 손상으로 오그라든 다섯 발가락의 끔찍한 모습은, 앞길이 구만리 같은 청년의 자존감마저 무너뜨렸다. 일본에서 대학을 다니다가, 환란에 휩싸인 조국을 지키기 위해 자원하여 6·25전쟁에 뛰어들었다. 어쩌면 숙명(宿命)이었는지도 모른다. 1·4후퇴 때 밀려 내려오는 전선을 지키다 총상을 입고, 오랜 병원생활 끝에 멀쩡했던 다리 한쪽이 불구인 채로 퇴원했다. 그 뼈아픈 상실감은 어떠했는지 당사자가 아니면 누가 가늠할 수 있으랴.

일렁이는 바다 기슭에 볼품없는 작은 섬 하나가 오도카니 앉아

여름이 내게 들어와 꽃이 되었다

있다. 한쪽 팔을 길게 뻗어, 흰 이빨 드러내며 거칠게 다가오는 한 줄기 파도를 막아보려 애써본다. 역부족이다. 숨이 턱까지 차올라 거품을 토해낸다. 자꾸만 엉겨 붙는 파도와 줄다리기한다. 거침없이 질주하는 바다에 작은 섬은 철저히 외면당했다. 혹시나 하며 먼 하늘만 멍하니 응시하고 있다. 팔 한쪽이 집채만 한 너울에 견디느라 힘이 빠졌다. 해넘이께 되니 지친 걸 눈치 못 채고 있나 보다.

아버지가 부산에서 생활할 때는 상이군인이지만 위풍당당하고 멋진 육군 장교였다. 늘 맡은 바 업무에 최선을 다했고, 애국으로 점철되던 자부심은 하늘을 찌를듯했다. 한 손을 지팡이에 의지하고 절뚝거리며 다녀도, 그 누구도 이상하게 쳐다보지 않았다. 불꽃 튀던 전쟁이 끝나고, 살아남은 사람들은 또 다른 전쟁과 맞닥뜨리게 되었다. 호구지책(糊口之策)을 마련하느라 저마다 바쁜 탓에, 다른 사람의 외모는 신경 쓸 겨를조차 없었다. 제대하고 서울로 오면서 아버지의 자존감은 크게 짓밟히고, 깊은 절망감에 빠지며, 곤욕스러운 삶이 옹골지던 어깨를 짓누르게 될 줄은 아무도 예상하지 못했다.

작열하던 태양의 황혼이 깃들 무렵, 잔잔하게 숨을 고르던 순청빛 파도는 제 빛깔을 감추었다. 은색으로 물든 천연(天然)의 바다에서, 눈부신 은빛 물고기가 되어 천천히 유영한다. 반짝이는 비늘들이 반사되어 흡사 은구슬을 꿰어 깔아놓은 듯하다. 화사한 은 융단

위를 바다의 님프 네레이드가 사뿐히 밟고 지나간다. 낮게 깔리는 해를 넋 놓고 바라보다 가붓한 나래가 젖는 줄도 모른다.

아버지는 서울에 위치한 은행에 취직하였다. 안정된 은행원 생활에 나름 만족하고 성실히 근무했다. 그러나 냉혹한 현실은 안개 낀 바다 위의 돛배처럼 그리 평탄하게 나아가지 못했다. 정상인이 아닌 불구자인 아버지를 보는 시선은 냉담했다. 소속된 직장이나 닫혀있는 사회에서 거칠게 왜곡되었고 아프게 손가락질했다. 자존심 강하던 아버지의 애국은 심하게 일그러지고 처참하게 부서졌다. 술은 아프고 곪은 상처를 치료해 주는 구한감우(久旱甘雨) 같은 보약이었다. 습관처럼 마신 술이 원인이 되어, 아버지 자신은 물론 가족의 심신까지 점점 피폐해졌다. 일상생활은 고난의 연속이었다. 아버지가 고독과 번민에 시달려 외치는 것을 아무도 알아채지 못했다. 은행에서 승진시험을 앞두고 모진 술에만 의지하던 아버지는 결국 쓰러졌다. 전장에서 죽을 고비를 넘기고 구사일생으로 살아난 상이군인이었다. 녹록하지 않은 현실에서 얼마나 넘기 힘든 장벽과 뼈저린 차별을 겪었을까. 철이 들어서야, 황량하던 아버지의 처절(悽絶)한 고뇌가 먹먹하게 다가왔다. 따가운 눈총을 견뎌야 하는 참담한 삶을 견디기 힘들어서, 못내 술을 친구삼아 의지하셨던 것이다. 회오(會悟)의 눈물이 앞을 가려, 비통하고 애련하다.

여름이 내게 들어와 꽃이 되었다

철썩이며 달려드는 거친 물보라의 굉음은 마치 사자가 포효하는 듯하다. 모난 인간의 접근을 도무지 허락하지 않는다. 돌아보는 눈초리마저 냉랭하여 온몸을 덜덜 떨었다. 마주하던 시선을 돌리고야 말았다. 과거에의 집착은 현실의 희망이고 미래에 대한 불안감을 감추려던 속내였을까. 아버지의 날 선 아픔이 서럽게 파고든다. 한때는 빛나던 순간을 만끽했고 의연(毅然)했던 아버지가 자랑스럽다. 그럼에도 불구자를 보는 왜곡된 시선은 현재 진행형이다. 불구자의 건강한 마음에 생채기 낸 마음의 불구자는 누구를 탓하랴. 마음의 불구야말로 불치병이 아닐는지.

아버지는 자신의 무능을 탓했지만, 6 · 25전쟁 종식에 일조한 유능한 인재였다. 잊고 있었던 내 아버지의 애국은 건강한 한쪽 다리를 바쳐서 얻은 영광된 상처다. 속울음 삼킨 비련의 흔적이다. 나라는 평생의 고통과 헌신을 잊지 않았다. 따스하게 품에 안아주었다. 늦게나마 국립 현충원에 안장되어 평안하게 잠드신 아버지께 전심(全心)으로 경의를 표한다.

물안개 어리는 바다는 말이 없다. 하고 많은 말은 소리 없는 아우성으로 대신하는 걸까. 남은 이야기는 조각배에 모두 실어 띄우자. 최선이다. 파안대소하는 아버지의 표정이 흐릿한 실루엣으로 표표(飄飄)히 다가온다. 아버지, 그리운 아버지! 보고 싶습니다.

초충도를 찾아서

　　　　　　　　　　　초충도를 보고 싶었다. 국립중
앙박물관으로 느닷없이 달려갔다. 두런거리며 서로 기대고 서있던
싱싱한 대나무 수풀은 오죽헌의 오죽을 빼닮은 듯하다. 모자라지도
넘치지도 않은 은은한 향기로, 방문객을 차분히 맞아주었다. '초충
도'는 수장고에서 나직나직 숨을 고르며 설핏한 단잠에 빠졌을까.
추사 김정희의 대표작품인 '불이선란도' 한 점만 덩그러니 드넓은
공간에서 홀로 고고(高古)하였다. 위용(偉容)이 넘쳐흘렀다. 소박함
속에 대쪽같이 꼿꼿하던 대가의 그림에서 뿜어 나오는 결연(決然)한
의지(意志)가 돋보여, 절로 숙연해졌다.

　　그러나 오늘은 꼭 만나보고 싶었다. 그리움에 지친 나머지 한달
음에 달려가던 싱그러운 지난날처럼, 날렵하게 생긴 강릉행 기차에

여름이 내게 들어와 꽃이 되었다

부푼 마음도 서둘러 실었다. 양평을 지나가다 보니 높은 하늘로 기어오르다 지친듯한, 야트막한 산등성이 굽이지게 흘러내렸다. 수천 년 동안 하늘만 목메어 바라보다 허리 굽고 머리마저 희끗해진 산잔등은, 지난(至難)한 세월을 잊은 양 만면에 가득 홍조를 띠며 다가왔다. 금세 친근해졌다. 기세등등한 기차는 깊은 산을 헤집고 산짐승들의 삶의 터전을 마구 짓밟아 만든, 곧고 긴 굴속으로 돌진하였다. 며칠 동안 산등을 타고 오르던 길을 단숨에 통과하니 아쉽고 허전하다. 느림의 낭만은 절핍(絶乏)되어 버렸다.

'초충도'를 그렸다고 알려진 신사임당은 수묵담채화를 누구보다 잘 표현한 화가다. 숙종 때 양반들이 하늘의 조화를 뺏은 예술가라고 칭송해 마지않던 당대 최고의 천재 화가다. 예술가로서의 명성에 못지않게 이이의 어머니로서 그녀의 높은 위상은 비할 데가 없다.

오죽헌에 도착하자, 바다의 향기를 머금은 따스한 공기 내음이 밀려들었다. 품격을 갖춘 안채는 양지바른 곳에 자리하고 있었다. 품위 있으며 엄숙한 공간이다. 사임당이 33살에 낳은 율곡의 산실인 '몽룡실' 앞에 범상치 않은 '율곡송'이 우뚝했다. 청청한 소나무에는 영험한 빛이 잔뜩 서려있었다. 조물주가 빚어놓은 듯 우아하고 수려하여, 탄성이 절로 나왔다.

마음이 먼저 가있는, '율곡 기념관'으로 달려가서 '초충도'를 찾았다. '초충도병' 앞에 선 나는 이상하게도 무력감에 빠져들었다. 예전에 느꼈던 떨림의 감성(感聲)은 사그라졌다. 사임당의 작품이 맞는 건지, 의구심에 고개를 갸웃했다. 박제된 꽃이라는 느낌이 드는 맨드라미와 봉숭아 및 원추리의 몸짓이 낯설었다. 가지와 수박과 풀벌레 등의 사실성과 세밀함은 나름 돋보였지만, 평소 일필휘지로 선을 내리긋던 사임당의 명쾌하고 단정한 모습과는 거리가 멀었다. 보는 이로 하여금 혀를 내두르게 하던 기품(氣品)마저 빛바랜 느낌이다. '백로도'에서 보여준 것처럼 붓놀림에 거침이 없고 정갈했던 풍치를 찾아보기 어려웠다. 흠결 있는 단아함만이 어른거린다. 작은 몸짓 하나 또 잎사귀 하나에도 농담의 표현이 거칠기만 하다. 마치 살아 움직이는 듯한 본래의 이미지가 많이 훼손되었다. 그리고 찬찬히 살펴보면 꽃의 이파리들이 모두 수틀에 새겨놓은 잎사귀처럼 다닥다닥 붙박이 되어있고, 무심하게 이어진 인위적인 선모양만 또렷하다. 깊이가 부족하여 감흥(感興)마저 퇴색되었다. 사임당의 고유한 필치인 화면을 압도하는 주제표현이 생경하고, 힘찬 선율로 이어지는 대범한 필력이 실종되었다. 운치 있는 대가의 그림을 만나고픈 설렘을 안고 내처 달려온 달뜬 걸음이 점점 느려졌다. 그림에는 문외한이지만, 그림에서 흐릿해진 부분마다 누군가 살짝 색을 덧입힌 느낌이 들었다. 본래의 순수하고 격조(格調) 높은 그림에 자기도 모르게 흠집을 낸 것은 아닐까. 소장본이 소실되었다가 다시 찾기까지

여름이 내게 들어와 꽃이 되었다

중간에 어떤 일이 있었는지 아무도 모른다.

그러나 '초충도' 8쪽 병풍보다도 더 시선을 빼앗는 그림이 있었으니 '묵포도도'였다. 그림 속에는 분분(芬芬)한 포도 향내가 가득했다. 포도 한 알갱이마다 섬세한 농담의 터치는 보고 또 봐도 걸출하다. 가던 발길을 멈추고 오래 머물고 싶은 수작이다. 수묵산수에서 보던 것과는 결이 다른 촉촉한 감성에 젖어들게 한다. '묵포도도' 그림 속에 이토록 투박한 듯하면서, 긴 여운과 절묘한 가락이 넘실거릴 줄은 미처 알지 못했다. 일필휘지로 그려나가던 그녀의 담백하고 노련한 필치는, 가슴의 응어리짐도 고단한 일상도 잊게 만드는 절묘한 끌림이 있다. 그 이끌림 속에 '물새'와 '물소' 작품에 시선이 옮겨 갔다. 물새와 물소는 그림 속에 살아서 나지막하게 속삭인다. 유려하면서도 거침이 없다. 갈댓잎에서 풍겨 나오는 시원한 선의 일갈(一喝)은, 보는 이의 가슴을 시원하게 뚫고 지나간다. 무언(無言)의 가르침을 일깨워 준다. 한 시대를 풍미(風靡)하던 대가의 그림은 일체의 수식이나 겉멋이 없이 맑고 정결하다.

맏딸이던 매창이 그린 '매창화첩'은 어머니 사임당을 빼닮은 탄탄한 구도와 생동감이 넘치는 붓끝의 삐침이 시원했다. 쉬어가는 여백의 미가 시선을 사로잡는다. 아들 이우의 '국화도'는 청초하게 핀 한 떨기 국화가 지면(紙面)을 박차고 나오려 한다. 단정(端正)한 소품이다. 사임당의 고결한 품격이 느껴지는 공간에서 함께한 반나절이었다. 필연(必然)을 벗 삼아 달려온 여정. '초충도'를 보러 왔다가 '묵포도도'에서 잊고 있던 감흥이 되살아났다. 충일감에 눈빛마저 달달해졌다. 자신만의 색깔을 찾아내기 위해 많은 밤을 지새우며 자연과 교감했으리라. 인고(忍苦)의 세월을 보내면서 좌절도 수없이 겪었으리라. 붓을 들어 찍은 한 점은 무수한 고심과 인내로 점철된 극한(極限)의 궁극점이 아닐까. 고독과 침묵을 이겨내고 절정(絶頂)의 환희를 맛본 대가의 붓끝에서 미세한 떨림이 흘러내린다. 찬란한 고독이 폐부를 꿰뚫고, 고갈된 마음에 큰 울림을 준다. 첫새벽이 되어서야 나오는 글 한 줄에 목이 메었다. 여백미(餘白美)에 방점을 거두는 여유가 필요하다. 호젓하게 따라오는 깨달음은 짊어지고 갈 삶의 무게다.

오죽헌의 안채에 단아하게 앉아 난을 치던 사임당의 시선은, 앞뜰에 소담하게 매달린 배롱나무의 연분홍 꽃 속에서 한참을 머물고 있다.

여름이 내게 들어와 꽃이 되었다

별밤

칠흑빛 하늘에서 눈빛이 맑고 청초한 별들이 하롱하롱 쏟아져 내린다. 은은한 향기를 폴폴 날리며 맵시 있는 처마 끝에 살포시 내려앉는다. 대청마루에 길게 누워 올려다본 형형색색의 하늘은, 화려한 보석으로 누벼놓은 아름다운 신세계였다. 작은 방 후미진 창문을 마구 점령해 버린 현란한 별의 군무는, 창백한 달빛에 고무(鼓舞)되어 도무지 그칠 줄을 모른다. 낯익은 별들과 밤늦도록 조잘대고 있는데, 정적이 감돌던 동공(洞空)에 작고 푸른 별 하나가 툭 하고 떨어졌다. 간절한 눈빛에 이끌려 맘대로 가져와 꽁꽁 숨겨놓았다.

작은 라디오에서 잔잔하게 흐르는 '별밤'은 찬란한 별들과 귀엣말을 나누는 사랑의 징검다리였다. 청정(淸淨)한 하늘에서 흘러내린

희디흰 별똥별은, 지상의 서글픈 멜로디를 들었는지 깊은 한숨을 몰아쉬며 점점이 사라져 갔다. 하늘의 별은 지상의 인간이 함부로 범접하기 어려운, 그들만의 신성하고 내밀한 공간이었다. 책에서 접한 별자리 전설은, 그나마 신비한 별 무리와 조우하는 시간이다. 그중에서 비련의 주인공인 카시오페이아 왕비나 대지의 여신 데메테르의 딸인 아름다운 페르세포네의 처녀자리 전설은, 가슴에 작은 못처럼 깊이 박혔다. 비련의 주인공이 된 듯 착각에 빠져 헤어 나오기 힘들었던 기억이 아스라하다.

열정의 도가니였던 사춘기 시절. 펜만 잡으면 너나없이 시인이 되었다. 도저히 닿을 수 없는 별을 향한 애끓는 사랑은, 허무와 갈증으로 버무려 낸 순애보적인 시집으로 재탄생되었다. 성당에서 알고 지내던 오빠가 살며시 손에 쥐여준 자작 시집은 작은 감동이었다. 부끄러워하며 건네고 뛰어가던 뒤안길에 떨어뜨린 순수가 별처럼 반짝거렸다. 숯검정으로 단장한 한밤에도 올망졸망한 별빛을 가득 이고 산, 이팔청춘의 고뇌엔 무구한 감성이 자리하고 있었다.

윤동주 시인의 주옥같은 시에 나온 가냘픈 별은 애절함이 깃든 소복한 여인이다. 비운에 처한 미망인의 허망한 눈빛처럼 망연자실하다. 별의 노래는 길 잃은 나그네가 그루터기에 힘없이 주저앉은 모습인 양 쓸쓸하고 비통하다. 별의 여정은 한 떨기 꽃이 수려함을 뽐내다가 어느 순간 흩어지는 것처럼, 명멸하는 자태가 애잔하다. 별의 행보를 바라본 소회(所懷)는, 투박한 감성으로 진부할 수 있지만, 저마다 크게 다르지 않아 신기하다. 어둠 속에 고고(孤高)한 별은 고독과 상실감을 부추기는 저주의 편린인 걸까. 아니면 심란한 마음에 안정감을 주는 사랑의 묘약인 걸까.

별의 예찬은, 연인 간의 두 눈길이 교차하는 애틋한 순간을 놓치지 않고 훅 밀고 들어온다. 두 손길이 맞닿는 순간에도, 별에 대한 찬사로 어색함을 자연스럽게 풀어간다. 별의 찬미는 사랑하는 사람 앞에서 더 애련(愛戀)해지고 한층 더 성숙해진다. 별을 바라보는 따뜻한 시선은, 고전과 현대문학을 아우르며 설렘 유발 지수를 높이고 사랑에 빠져들게 한다.

별은 검은 장막을 몸에 두르고 졸고 있는 밤을 깨우기에 바빴다. 별이 오색 빛으로 물든 별꽃송이를 흐드러지게 뿌리면, 꽃다운 청춘은 별꽃을 세느라 한밤을 지새웠다. 그래도 초롱한 두 눈은 반짝였다. 달콤한 속삭임에 시간 가는 줄을 몰랐다. 단한(單寒)한 별들의 절절한 속내를 들으며 날이 새는 줄도 몰랐다. 그러나, 언제부턴가 무표정한 회색 도시에서 뿜어져 나오는 탐욕스런 빛의 일탈에 맥을 못 추고 하나둘씩 청정(淸靜)한 숲속으로 숨어들었다. 별의 찬가가 울려 퍼지던 창창(蹌蹌)한 지난날을 그리워하며, 지금쯤 잿빛 하늘

어느 모퉁이에서 장탄식하고 있지 않을까.

하늘의 별이 모두 숨어버리자, 사람들은 지상에서 별을 찾기 시작했다. 텔레비전이나 영화에서 최고의 인기를 누리고 있는 배우에게 스타라고 명명(命名)하고, 다방면에서 뛰어난 사람을 지칭하는 말로 자리매김했다. 하늘의 별은 지상으로 내려와서도 우아한 자태를 숨기지 않는다. 별은 하늘에서나 땅에서나 어느 시대를 막론하고 최고의 인기를 구가(謳歌)한다. 하늘에 뜬 별은 고요하고 청아(淸雅)하다. 아날로그 감성을 자극하고 시종여일 담담(淡淡)하다. 그러나 지상의 스타는 화려하고 트렌디한 감성이 풍부하다. 예상 가능하지 않은 행보로 대중의 시선을 한 몸에 받는다. 지상의 스타는 탐욕의 순간에 물거품처럼 대중의 시야에서 사라져 간다. 하지만 하늘의 별은 떠나야 할 순간에 묵묵히 자신을 태워 조용히 퇴장한다.

《시애틀 추장의 편지》 속에 자연과 생명은 공존했고 삶은 늘 겸허했다. 별이 빛나는 밤에는 금은가루를 천정(天頂)에 솔솔 뿜어내는 별들과도 반가운 손 인사를 나누었으리라. 순수를 잃어버린 정복자들의 탐욕은 안온한 대지를 갈가리 찢어대며 쾌재를 불렀다. 하늘에 박혀 꼼짝할 수 없는 별들은 대지를 가르는 천둥 같은 굉음에 놀라 몸서리쳤다. 무섭고 두려움에 한없이 흘러내리는 눈물을 주체할 수 없었으리라. 지금은, 속살이 내비칠까 부끄럼타던 순진무구한 별까

여름이 내게 들어와 꽃이 되었다

지 무참하게 짓밟아 동심(童心)의 세계는 동화 속 이야기가 되었다. 오들오들 떨며 마음 졸이던 별은 게거품 물며 달려드는 정복자들의 억센 손아귀에 잡힌 채, 하도 울어서 눈이 퉁퉁 부었다. 꺼칠한 얼굴에 분칠한 자국이 더덕더덕 나있다.

　별바라기 아이들에게 미안하다. 어스름한 저녁에 아미 같은 초생달의 새침한 얼굴만 언뜻 보여도 좋아라 하는 아이들이다. 시름에 잠긴 별들은 아직 어둠에 갇혀있다. 그러나 고개를 얼른 내밀고 싶은 조바심에 눈꺼풀이 파르르 떨리고 있을지도. 말간 흑진주 품은 하늘에서 알알이 빛나던 별바다를 바라보면서, 노래가 절로 나오는 순박한 어린 시절을 빼앗아 버린 허튼 욕망이 비루(鄙陋)하다. 별을 바라보고 노래하던 몸의 시간은 흘러갔다. 별을 볼 수 없는 빈 하늘 끝에서 시선을 거두었다. 영원이 아닌 순간의 행복을 좇으며 사는 우리네 가당찮은 허영이 비집고 들어왔다. 숨어버린 별을 낡은 사진첩에서 하나씩 꺼내보는 성찰의 시간이 다가온다. 마음의 때도 함께 꺼내 깨끗이 헹구어 내면 순수한 열정이 다시 피어오를 수 있을까. 마음의 시간에 한 발을 걸친 채, 해맑은 어린아이처럼 또다시 '별밤'의 두근거림을 온몸으로 환호하며 열광할 수 있을까. 무심한 하늘을 타고 내려오던 기색이 죽은 별은 멈칫거린다. 달빛 커튼을 살포시 드리우며 잠을 더 청하려나. 〈서시〉에서 읊듯이, 별이 바람에 스치는 소리에, 오늘도 까만 밤을 하얗게 지새우고 있다.

그 후로도 오랫동안

〈유년의 뜰〉

광안리 해수욕장 근처인 우리 집은 안채가 살림집이고 바깥채는 구멍가게였다. 어머니가 담배와 잡화 등을 팔며 가계(家計)에 보탬이 되었다. 가게 문을 열고 얼굴을 빼꼼 내밀면, 어머니는 기다렸다는 듯이 사탕 담긴 상자 뚜껑을 열고 투박한 눈깔사탕 한 알을 내어주셨다. 크고 둥근 눈깔사탕을 입 안에 넣으면 볼우물이 터질 듯 가득 미어 나와, 한참을 혀로 이리저리 굴리며 거친 면이 매끈해질 때까지 깨지지 않도록 오래 머금고 있었다. 차고 넘치지 않는 달달함과 입 안에 감겨 돌던 단내는 일품이었다.

앞마당에는 한 쌍의 거위가 뛰어다녔다. 정겹게 잘 놀다 홰를 치며 달려들어 한바탕 싸움을 벌이면, 동네 사람들이 우르르 모여들어서 구경을 했다. 그런데 칠흑 같은 한밤, 창고 속의 담배 상자를 훔치러 담을 넘은 도둑들에게 달려들었는지, 이튿날 아침에 거위들은 바닥에 누워 미동(微動)도 없었다고 들었다. 또, 마당 끝 담벼락 가까이 포도 넝쿨로 우거진 긴 터널이 있었다. 대롱대롱 매달린 포도송이 사이에 쪼그려 앉아, 포도 한 알을 따서 입에 넣으며 오롯이 즐겼던 추억이 아스라하다. 책을 읽고 그림도 그리며 혼자만의 세상을 만끽하던 작은 공간이었다. 어릴 때의 소소한 낭만들이 쌓여 글을 쓰는 자양분이 되지 않았을까.

여름이면 생각난다. "아이스께~끼!" 외치며 달리던 깡마른 소년이 기억난다. 좁은 어깨에 둘러멘 사각 통 안에는, 진짜 팥으로 꽁꽁 얼린 맛난 아이스께끼가 가득했다. 어머니의 치마끈을 부여잡고 졸라서 겨우 얻어낸 아이스께끼는, 팥 알갱이도 드문드문 박힌 채, 둥글고 길게 막대기에 매달려 있었다. 한 입 베어 물면 달콤하고 시원하여, 반할 수밖에 없는 기막힌 맛이었다. 언제 다시 돌아가 소박(素朴)하고 인정 넘치던 그 맛을 또다시 볼 수 있으려나.

가장 친했던 친구가 보고 싶다. 우리 집 옆 자전거포 앞에서 함께 놀던 여자아이였다. 머리는 단정하게 두 갈래로 땋아 내렸으며 얼굴은 살짝 까맣고 서구적이며 예뻤다. 한쪽 뺨에 그어진 긴 흉터

자국이 궁금해서 물어봤더니, 그 아인 자전거가 제일 무섭다고 했다. 헤어지는 게 아쉬워 사슴 같은 눈망울이 슬픔으로 가득 찼던 그 아이. 지금 어디쯤 살고 있을까.

〈하늘빛 정원〉

서울 종로5가 큰 도로 뒤편에는 한옥이 즐비했다. 한적한 골목 끝에 있는 기와집 별채에서 여러 해 동안 살았다. 1960년대 초에는, 집집마다 돌아가며 이틀 건너 굿판이 벌어졌다. 무당 앞에 아픈 사람이 무릎을 꿇고 앉아 계속 기도하고, 뒤쪽의 가족들은 양손을 비벼대며 연신 절을 했다. 구경꾼들은 멀리서 소곤거렸다. 신명(神明) 나는 굿판이 끝난 후 집집마다 시루떡을 돌렸는데, 우리 어머니는 받자마자 그대로 버리셨다. 성당을 다니는 신자들은 굿한 음식을 절대로 먹지 않기 때문이다. 어린 마음에 버려진 떡이 아깝다는 생각 뿐이었다. 떡집을 지나다 김이 모락모락 나는 시루떡을 보게 되면, 잠깐이나마 가던 발길을 멈춰 선다. 젊으신 어머니의 손에 든 시루떡과 겹쳐져서 자꾸만 눈앞이 부옇게 흐려진다.

서울에서 아버지 이름자가 문패(門牌)에 새겨진 우리 집을 장만하였다. 약간 언덕배기에 지은 집으로 대문을 들어서면 문간방, 가운데 부엌, 그리고 안방이 놓여있고 작은 마당이 있는 깔끔한 집이

여름이 내게 들어와 꽃이 되었다

었다. 서울에서 처음 내 집을 갖게 된 아버지는 집 안을 가꾸느라 온갖 애정을 쏟아부었다. 마당 한쪽 구석으로는 제법 키 큰 향나무를 사다 심었고 향나무에서 멀지 않은 지점에 마당을 파고 우물을 만들었다. 펌프로 물을 끌어올리면 제법 수량이 풍부해 이웃들이 마냥 부러워했다. 얼음장같이 차가운 덕분에 더운 여름날, 등목을 하거나 커다란 수박과 김칫독을 마냥 쟁여놓을 수 있었다. 그리고 동생들과 어울려 바가지 하나로 온종일 신나는 놀거리로 그만한 게 없었다. 다가오는 여름엔 얼음장같이 차가운 계곡물에 발 담그고, 옛 기억을 되살려 볼까나.

초등학교 다니던 시절, 집집이 하수구와 부엌과 광 사이로 재빠르게 다니는 쥐는 나라 전체의 골칫거리였다. 그래서 학교에서는 쥐를 잡아 꼬리만 가져오는 숙제를 내주었다. 외삼촌에게 신신부탁하여 쥐덫을 놓아 어렵게 숙제를 해결하곤 했다. 그 바람에 우리가 키우던 새까만 눈에 털이 하얗고 복슬복슬하던 귀여운 강아지는, 골목을 돌아다니다 쥐약을 섞은 음식물을 먹고 바로 절명(絕命)하였다. 동생들과 부둥켜안고 눈이 퉁퉁 붓도록 울었다. 부모님이 뒷산에 묻어주고 다시는 강아지를 키우지 않았다. 아직도 강아지를 보면 한참을 돌아가는 습관을 버리지 못했다.

우리 집 두꺼비집은 대문을 지나 바로 작은방 위쪽에 위치하고 있어서 바깥에서도 잘 보였다. 가격이 좀 비싸던 시절이라 두꺼비집을 훔쳐 간다는 이야기를 들었지만, 우리 집이 도적의 표적이 될 줄은 전혀 예상하지 못했다. 비바람이 치던 날, 분명히 동생과 함께 자고 있는 작은방 문을 누가 살그머니 열고 들어와 내 다리를 흔들었다. 문이 조금씩 열리고 있을 때, 달빛에 반사된 큰 몸짓의 남자를 얼핏 보았는데 꿈인지 현실인지 아직도 구분이 안 된다. 나는 너무 무서워 잠든척했다. 몸이 돌처럼 굳어버린 것 같았다. 그 사람이 아마 두꺼비집을 뜯어간 장본인일 거라고 그냥 추측만 할 뿐이다. 어둔 밤에는 현관문의 시건(施鍵)장치를 자꾸만 확인해야 하는 것도 어릴 때의 충격이 기억 저편에 잔존하기 때문이리라.

〈추억 너머 찬란한〉

전국적으로 송충이 퇴치는 큰 행사였다. 우리 학교에서도 고학년 남녀 학생들은 방과 후 뒷산으로 무조건 동원되었다. 종이봉투와 나무젓가락을 들고 소나무 나뭇가지 사이로 기어가는 송충이를 잡아야 했다. 꿈틀꿈틀 움직이는 송충이는 생김새가 징그럽고 촉감도 물렁물렁하여, 여자아이들은 만지지도 못하고 질색하였다. 그러나 남자아이들은 신이 나서 잡았고, 일부는 여자아이들 목덜미에 살짝 집어넣었다. 아연실색하여 펄쩍 뛰는 모습을 보고, 무척 고소해하며

여름이 내게 들어와 꽃이 되었다

웃어대던 장난꾸러기들. 지금은 생각조차 못 해보는 방과 후 봉사활동이었다. 모두들 좋아라 하고 힘든 기색 없이 즐거워했던 순진무구한 그 시절의 추억이 아련하게 떠오른다.

6학년이 되었을 때, 중학교 입시 준비로 우리 집에 과외선생님이 오시고 남자아이들 2명, 여자아이들 3명 도합 5명이 모여 공부를 하였다. 어머니는 책을 붙잡고 늦은 밤까지 씨름하는 딸을 업고 마당을 매일 한 바퀴씩 돌았다. 잠이 달아나도록 등을 토닥거려 주시곤 했다. 그 당시에는 주택이 대부분이고 집집마다 연탄불을 떼던 시절이었다. 아랫부분이 레일로 되어있는 불화로를 긴 꼬챙이로 아궁이 깊숙이 넣어 방바닥을 데웠다. 음식을 할 때는 다시 빼서 그 위에 석쇠를 올려 생선을 굽거나 국그릇을 올려놓아 끓이곤 했다.

아이들과 과외공부 끝나면 한참 굽이진 골목길을 이리저리 헤쳐 내려가다가, 바로 눈앞에 펼쳐지는 들판으로 달려갔다. 벼논이었기 때문에 개구리와 메뚜기가 지천(至賤)에 널려있었고, 먹을 것이 늘 부족했던 아이들에겐 맛난 간식이었다. 남자아이들은 솜씨 있게 메뚜기와 개구리를 몇 마리씩 양손 가득 잡았다. 그리고는 우리 집 작은 방 아궁이에 옹기종기 모여앉아, 긴 꼬챙이로 불화로를 빼서 잡아 온 곤충들을 연탄불에 올려놓고 맛나게 구워 먹었다. 신나게 먹다가 입 주변이 새까매진 모습을 서로 바라보곤 배꼽을 잡으며 깔깔 웃었다. 메뚜기는 맛있었지만, 개구리 다리는 차마 먹지 못하고 남자아이들이 먹는 모습을 신기하게 바라보곤 했다. 새카맣게 탄 개구리 다리를 입에 쓱 갖다 대면, 여자아이들은 손사래를 치며 도망가기에 바빴다. 벼논에 가면 어릴 때 먹던 고소하고 감칠맛이 나는 메뚜기가 아직도 남아있을까.

과외 선생님이 우리가 중학교 입시 치르고 나서 바로 결혼을 하셨다. 그 당시 혼인하기엔 조금 늦은 나이라, 선생님 댁에서 서둘러 결혼식을 치른 것 같았다. 선생님의 아버지께서 국수를 만들어 파시는데 제법 단골도 많고, 웬만큼 여유 있어 보였다. 결혼식 날, 선생님과 시댁을 함께 방문하였는데, 집이 외관상 너무나 좁고 초라하여 보는 내내 마음이 편치 않았다. 선생님 입에 전을 하나 넣어드리니, 가만가만 몰래 드셨다. 지금은 어떻게 살고 계실지 궁금하지만, 성함도 얼굴도 희미해서 추억의 갈피에 저장해 두고 살며시 꺼내본다.

〈행복한 기억 그리고〉

가고 싶은 중학교에 원서를 넣었다. 시험을 보고 합격자 발표한 날, 어머니와 함께 중학교 담벼락에 써서 붙인 수험번호와 이름을 확인하고 세상을 다 가진 듯 얼싸안고 기뻐하였다. 은행 수위실에

여름이 내게 들어와 꽃이 되었다

도착하여 멀리 아버지가 근무하는 2층 사무실 건물을 바라보니, 직원들도 함께 창문으로 손 내밀어 박수를 쳐주었다. 아버지는 맏딸의 합격을 축하하는 의미로 장안에서 불고기로 유명한 '삼호정'에 데리고 갔다. 달짝지근하고 부드러우며 입 안에 살살 녹는 고기를 생전 처음으로 먹었던 기억이 아직도 생생한데, 아버지와의 외식은 찬란한 회상의 한 장면으로만 남았다. 두고두고 그리울 때 한 번씩 꺼내보면서 부모님의 사랑도 함께 떠올린다.

동네에서 처음으로 흑백텔레비전을 들여놓았다. 김기수 선수와 미들급 챔피언 니노 벤베누티가 복싱 경기하던 날 저녁, 안방은 동네 어른들로 가득 찼다. 김기수 선수가 상대방 선수를 가격할 때 모두 주먹을 불끈 쥐고 흥분하였다. 그날 김기수 선수는 복싱 세계 챔피언에 등극하였고, 온 나라가 환호성으로 들썩거렸다. 요즘은 컬러 텔레비전에서 나오는 손흥민 선수의 축구가 대세인 것을 보면 격세지감(隔世之感)을 느끼게 된다.

백색전화도 동네에서 처음으로 설치하였다. 앞뒷집 아기엄마 이름을 바쁘게 부르며, 전화 심부름으로 이웃이 모두 먼 친척보다 가깝게 지냈다. 전화 뒤 번호가 7771이었는데 아버지가 근무 중 고혈압으로 쓰러지셨다는 전화를 받고 나서, 쓰리세븐이 누구에게나 행운의 숫자가 아니라는 걸 미리 알아버렸다. 그래도 그 시절이 가장

행복했던 시절이었다. 그 이후에 밀물처럼 다가오는 슬픔은 기쁨의
순간을 썰물처럼 밀어내고 아픔을 낳고 또 상심(傷心)을 낳았다.

만년필

어버이날을 기념하여 가족들이 모여 함께 식사하는 자리를 가졌다. 식사를 끝내고 맏사위가 주섬주섬 선물을 꺼냈다. 깔끔한 흰색 바탕에 은색 띠를 두른 만년필에 내 이름이 새겨있었다. 작은 감동이었다. 이름 세 글자가 또렷이 새겨진 만년필은 난생 처음이었다. 아마 글을 쓸 때 순백의 마음을 가득 토로해 놓으라는 무언의 격려였으리라. 오늘도 옆에 의전(儀典)처럼 꺼내놓고 손으로 만지작거리며 아까워 쓰지를 못한다. 눈으로 쓰는 만년필은 들었다 내려놓기만 반복한다. 자식의 사랑이 가득 담긴 뜻 깊은 만년필이라서 바라만 봐도 좋았다.

만년필은 '잉크가 샘처럼 솟아난다.'는 의미로 영국에서는 파운틴 펜이라고 불린다고 한다. 만년필은 18세기 초에 이미 만들어졌지만, 실용적이고 쓰기 편안한 만년필은 뉴욕의 보험외판원인 루이스 에드슨 워터맨에 의해 개발되었다. 워터맨은 중요한 계약서에 서명하다가 만년필의 잉크가 흘러 번짐으로 계약을 망쳤다. 그는 영예로운 서명을 하기 위해서 쓰는 만년필의 불편함을 무심코 지나치지 않았다. 일말(一抹)의 호기심이 오랜 시간 연구로 이어져 일생일대의 완성품으로 디자인되었다고 한다. 우리나라는 근대 초기에 이르러서야 먹물과 붓으로 글 쓰던 시대에서 서서히 벗어나기 시작했다. 만년필은 식자(識者)들의 전용물이었다.

연필의 무른 감촉과 볼펜의 가벼운 손놀림에 비해 만년필은 뚜껑을 열고 펜촉을 가지런히 세우고 쓰기 시작할 때 비장함마저 느껴지는 무게감이 손끝에 실린다. 며칠에 한 번씩 잉크를 넣어주어야 하는 수고도 더해주어야 만년필은 제빛을 발한다. 쓰다가 부주의하여 손에 묻히게 되는 잉크의 번짐도 설핏 신선하게 느껴진다. 잉크의 냄새 또한 먹의 향기가 감돈다. 잠깐 식자(識者)가 된 기분이 들어 좋다. 만년필을 쥐고 있으면 고급스런 취향을 가진 백작부인인 양 호기(豪氣)를 부려보고 싶다. 만년필 뚜껑을 열어 뒤쪽에 가지런히 끼우고 지면(紙面)에 한 글자씩 써 내려간다. 태어난 지 얼마 안 된 아가를 대면한 듯 조심스럽고 경건하다. 펜촉에 번지는 잉크를 살며시 닦아내자 잉크는 또 가득 차오른다. 만년필 속 잉크처럼 인간사(人間事) 행복이 그냥 지나간 것처럼 여겨지지만, 다시 차오르

여름이 내게 들어와 꽃이 되었다

는데 시간이 좀 걸린 게 아니었던가. 우리는 인식조차 못 하고 있는 건 아닐는지.

만년필은 펜 중에서 으뜸이다. 1919년 베르사유 조약 체결할 때 만년필로 서명한 로이 조지 경이 최초였다고 한다. 그 이후 한 나라를 대표하는 정상 간의 회담이나 선언문에 서명할 때 반드시 만년필을 사용한다. 중요한 회담 때 사용된 만년필들은 기념품으로 전시된다고 한다. 학교 다닐 때는 만년필이 졸업 선물 중 최고였다. 그러나 컴퓨터가 보급되고 나서 펜으로 문자화하여 기록되던 모든 문서가 자판을 이용하여 컴퓨터에 보관하고 문서화되었다. 일체(一切)의 펜은 사양길로 접어들었다. 고가의 만년필은 보통사람들은 엄두도 못 낸다. 하기야 비싼 만년필을 손에 쥐여주어도 잃어버릴까 전전긍긍하느라 아니 가짐만 못할 것이다. 어버이날에 선물 받은 만년필은 적당히 비싸고 외관도 깔끔하다. 내 취향이다. 가방에 넣고 다니며 필요할 때마다 꺼내 쓰면 딱 나와 어울린다. 펜촉을 눌러 쓰다 보면 사각사각 소리마저 정겹다. 힘을 살짝 주면 글씨의 굵기는 두꺼워지고 반대로 힘을 살짝 빼면 글씨는 가늘어진다. 자유자재로 글씨의 변화를 줄 수 있으니 글씨가 정형화되지 않아 좋다. 자신의 색깔대로 마음껏 펼칠 수 있는 만년필의 마술에 빠졌다. 방점의 크기도 제각기 달랐다.

우리가 1800년대에도 붓으로 모든 그림과 글을 섭렵했을 때 서양에서는 펜으로 글을 썼다. 음식으로 바꾸어 말하면 수저와 포크 및 나이프의 양상(樣相)이다. 그러나 근대를 넘어가면서 우리도 붓과 벼루를 대동(帶同)하고 글 쓰는 것이 버거워지기 시작했다. 외국문물을 재빨리 흡수한 일본의 영향도 무시하지 못한다. 노비제도의 폐습이 철퇴되고 격동기를 거치면서 한문 쓰기보다는 한글의 보급화가 빠르게 이루어졌다. 1950년 6월, 누구나 교육받을 권리와 의무가 있다는 전제 아래 초등학교는 의무교육이 실시되었다. 연필이 보편화되면서 필기구의 한 획을 긋기 시작했다. 볼펜은 물에도 쉽게 지워지지 않는 특성으로 일반인에게 만연하였다. 그러나 만년필은 가격도 비싸지만 쓰기에 조심스럽고 잉크를 계속 보충해야 하는 번거로움으로 인해 대중들이 즐겨 쓰지 않았다. 그러나 요즘은 만년필의 가격이 천차만별이다. 만년필은 청년들도 일부 좋아하지만 주로 장년층의 소장품으로 각광을 받는다고 한다. 고금을 총망라하여 품위를 유지하고 있고, 세련미도 한층 업그레이드되고 있다.

인간은 자기의 생각을 글로 설파한다.《허클베리 핀의 모험》과 《왕자와 거지》를 쓴 미국의 소설가, 마크 트웨인은 만년필로 글을 썼다고 한다. 지적인 감성을 만년필의 촉각에 기대어 막힘없이 써 내려갔을 것이다. 잉크가 떨어지면 잠시 쉬어가며 쓴 글을 읽고 또 읽으며 퇴고했을 것이다. 우리나라 현대 작가 중에 〈나그네〉를 쓴 박목월 시인,《토지》를 쓴 박경리 소설가,《나목》으로 등단한 박완서 소설가 등이 만년필로 정성스럽게 한 글자씩 눌러 쓰며 필생(畢生)의 결작을 남겼다. 글을 쓰기 위해 몰두했을 수많은 날은 범인(凡人)들이 미처 헤아려 볼 수도 없으리라.

말은 일회적이지만 글은 두고두고 인구에 회자(膾炙)된다. 만년필로 꾹꾹 눌러 쓴 근대 지성들의 일설(一說)을 곱씹어 보면 작금의 시대 상황과 묘하게 일치한다. 마크 트웨인은 "우리들 중에서 만년필만큼 많은 미덕을 지니거나 만년필의 고집을 절반이라도 지닌 사람은 없다."고 역설(力說)하였으니, 우리에게 시사(示唆)하는 바가 크다.

노르웨이와 낭만

노르웨이는 '북쪽으로 가는 길'
이라는 의미를 뜻한다. 스칸디나비아반도 서부에 있는 북유럽 국가
의 이름이기도 하다. 중의(重義)의 노르웨이는 선뜻 마음에 와닿았
다. 노르웨이에는 아름다운 풍경과 세련된 풍미를 지닌 도시가 펼쳐
져 있으리라. 또, 북쪽으로 가는 길엔 젊음과 희열이 넘칠 것 같다.
또, 살짝 언 푸른 호수의 낭만처럼 잔잔한 삶 속에 어리는 나른한
일상을 뛰어넘는 탈출구가 되어줄 것 같다. 북극성같이 북쪽의 방향
성을 일깨워 주던 상징은 아니더라도, 북쪽으로 가는 길엔 아름다
운 성이 하나쯤 자리하고 있지 않을까. 동화처럼 마법에 걸린 왕자
가 괴수로 변해 살고 있을지도 모른다. 그리고 북쪽으로 가는 길엔
하늘에서 선녀가 내려와 목욕하던 연못이 자리할지도 모른다. 선녀
를 아내로 맞이하는 행운을 끝까지 지켜낼 나무꾼이 요즘에도 있을

여름이 내게 들어와 꽃이 되었다

지 모르겠지만. 북쪽으로 가는 길엔 아름다운 숲이 우거져 있겠다. 뻐꾸기, 두견이, 꾀꼬리, 파랑새, 물총새, 뜸부기가 여름의 녹음을 뚫고 보금자리를 꾸미며 목청을 돋우고 있을지도 모른다. 북쪽으로 가는 길엔 노부부가 욕심 없는 오두막 한 채를 지어놓고 살고 있을지도 모른다. 집 앞으로 환히 펼쳐져 있는 강가에서 오늘 먹을 생선만 두서너 마리 잡아 소박한 저녁상을 준비하고 있겠다.

북쪽으로 가는 길엔 양떼나 젖소를 키우는 목장도 있겠다. 푸른 풀밭에서 여유롭게 풀을 뜯고 지내는 양이나 젖소들이 희망이라는 단어를 떠올리고 있을까. 인간의 먹을거리나 입을 거리로 자기 몸의 한 자락을 내어주는 겸손함마저 우리는 당연한 걸로 여기고 있다. 만물의 영장이라는 미명아래 오랫동안 인간의 존엄성만 내세웠던 게 아닐까. 말 못 하는 짐승이라고 함부로 대하는 사람들은 일말의 회개할 시간조차 가져보았을까. 현재도 내몽고에 살고 있는 유목민족들은 직접 기르던 양이나 소를 식량으로 조달하기 전에 섬김의 의식을 먼저 거행한다고 한다. 잠깐이지만 동물에게 예를 갖추는 그들의 따뜻한 마음이 오롯이 전해져 왔다. 예전에 북쪽으로 가는 기차를 타려다 고등학교 동창을 잠깐 조우한 적이 있었다. 대관령에서 남편이 큰 목장을 운영한다고 했다. 목장운영이 안 힘든지 묻는 질문에, 집에서 아기만 키운다는 답이 돌아와서 머쓱했던 기억이 떠오른다.

북쪽으로 가는 길은 우리나라 영토의 일부분인 북으로 한없이 뻗어있다. 고려 말 충신 정몽주의 한이 서린 선죽교는 그 모습 그대로 간직하고 있을까. 송도의 박연폭포와 대동강 변의 을밀대와 부벽루의 절묘한 풍광 또한 아직도 그 모습 그대로일까. 북쪽으로 가는 길엔 일만 이천 봉 금강산이 자리하고 있다. 신라 마지막 경순왕의 아들 마의태자가 귀의해서 생을 마친 아름다운 명산이라고 익히 들어 알고 있다. 초등학교 때 줄줄이 외운 개마고원과 성산인 백두산에 올라가서 천지와 마주할 시간은 언제쯤일까. 북쪽으로 가는 길은 가시철조망으로 막혀있는데, 마음은 벌써 임진강을 건너고 대동강을 지나 두만강 변에 도달했다. 세계에서 단 하나밖에 없는 분단국가라는 꼬리표가 언제쯤 사라질까. 살아생전에 가볼 수 있으면 좋으련만. 희망은 부질없는 망상이 아니고, 상상은 이상이 아닌 현실로 표출되기를. "아름다운 것은 쓸모있는 것만큼이나 유익하지요." 소설 《레미제라블》에서 미리엘 주교가 한 말을 곰곰이 되새겨 보았다.

북쪽으로 가는 길엔 춘천의 공지천이 흐르고 있다. 호수가 제법 맑아 벤치에 앉아 바라보면 건너편 산과 나무들이 맑은 물속에 거꾸로 누워있곤 한다. 그리스 신화에 나오는 나르시스처럼 싱싱한 초목들이 물속에 어리는 자신의 모습에 반한 듯 의기양양하다. 자전거를 타는 청년도 한적한 오솔길도 예전 그 모습 그대로다. 그 시절, 가을의 붉은 단풍은 젊음이 영원할 것처럼 불타올랐다. 에메랄드빛

여름이 내게 들어와 꽃이 되었다

호수 위의 작고 하얀 배에 마주 보고 앉았다. 노를 저으며 진한 칵테일 같은 사랑을 속삭였다. 이디오피아 커피숍에 앉아 쓴 커피 한 잔하면서 몇 시간을 마주해도 지루한 줄을 몰랐다. 같이 앉아있는 매 순간이 좋았다. 사랑 하나에 두 눈이 멀어버린 시간이었다. 춘천 명동에서 닭갈비를 먹으며 낭만과 순수를 노래하던 시절로 다시 돌아갈 순 없지만, 향수는 곳곳에 배어있었다. 되새겨 보는 호사를 누려도 괜찮을지. 북쪽으로 가는 길엔 젊음도 아픔도 함께 켜켜이 쌓여있었다.

북쪽으로 가는 길에는 강릉에서부터 주문진을 거쳐 양양, 속초, 거진으로 해수욕장이 길게 이어져 있다. 대관령 고개를 구불거리며 내려오다가 배고프면 한적한 골짜기에 차를 잠깐 세워두고 라면을 끓여 먹었다. 세상에서 제일 맛있던 라면이었다. 여름 휴가철에는 동해안 해수욕장으로 무조건 떠났다. 주문진 해수욕장은 딴 곳보다 깊이가 얕아서 어린이들을 데리고 놀기에도 안성맞춤이었다. 또, 주문진 해안시장에서 맛보던 오징어 국수는 별미였다. 바닷가에서 놀던 큰애를 잃어버려서 몹시 애태우다가, 멀리 보이는 빨간 등대까지 가서야 겨우 찾았다. 어린 딸은 밀짚모자 쓴 사람이 모두 엄마인 줄 알고 쫓아다녔다고 한다. 눈물이 왈칵 쏟아져서 앞을 가렸다. 꼭 끌어안고서, 잡은 손 다시는 놓지 않으리라 굳게 다짐하였다.

북쪽으로 가는 길엔 젊음의 권태나 갈증을 풀어줄 에너지가 곳곳에 도사리고 있었다. 강이나 시냇물은 맑아서 물을 떠서 마시거나 수영을 하면서 신나게 놀았다. 기차에서 마음껏 기타를 치며 노래를 해도 제지하는 사람은 아무도 없었다. 옆에 앉은 모르는 사람과도 삶은 계란을 나눠 먹었고, 자리가 없다고 의자 걸이에 누가 기대 앉아도 싫다는 내색을 하지 않았다. 양보의 미덕이 곳곳에 존재했고 조금의 불편함은 서로 나누었다. 모르는 이가 옆에서 졸다가 기대와도 어깨를 흔쾌히 내주었다. 비가 내리면 누군가 조용히 다가와 말 없이 우산을 씌어주기도 하며 마주 보고 환히 웃었다. 서울에서 춘천 가는 길엔 젊음의 순수와 아름다움이 공존했었다. 그때는. 북쪽으로 가는 길에는.

북쪽으로 가는 길, 노르웨이는 내 젊음의 궤적을 따라 굽이굽이 흘렀다. 걸음도 느릿느릿하고 정체구간을 지나느라 그런지 더디게 내딛지만, 낭만의 숨결은 가는 길 마디마디에 응축되어 있으리라. 노르웨이의 끝에는 북극성이 한 자락 별빛을 드리우며, 잠시 쉬어갈 자리 하나 마련해 두고 있을지도…….

여름이 내게 들어와 꽃이 되었다

비와 찻잔, 그리고

아침부터 밖의 기척이 수선스럽
다. 추적추적 내리는 비에 목이 타던 초목이 화답하는 소리였다. 빗
길에서 파란을 일으키는 자동차 바퀴들의 마찰음이 싫지 않았다. 따
끈한 차 한 잔이 그리웠다. 커피포트의 물 끓는 음향도 빗소리와 어
우러져 합주로 녹아들었다. 잿빛 천공을 넘나드는 텃새의 지저귐도
가히 청량(淸涼)함을 보탰다. 별스런 소리를 모으니 자연교향악이 되
었다. 뜨겁게 달구던 볕의 기세가 잦아들었다. 기웃하던 초여름은
행장을 차려 떠났나 보다. 동그란 빗방울이 구슬을 꿰어놓은 것처럼
창틀에 올망졸망 매달렸다. 잠시의 쉬어감에도 삶의 의지는 치열했
다. 네모난 창에 밀려드는 풍경이 처연하여, 그만 절해의 고독 속으
로 침잠하였다. 허공을 맴돌던 시선이 우산과 한 몸이 되어 촐랑대
며 뛰는 아이를 따라갔다. 우산이 뛰는지, 아이가 뛰는지 도무지 구

분이 안 되었다.

뜨거운 물을 찻잔에 가득 부었다. 분출되는 열은 주변의 습기를 모두 빨아들였다. 영상 속에서 여름을 재촉하는 비에 모내기하느라 바쁜 농부들의 목덜미는 비와 땀이 범벅되어 번들거렸다. 실한 벼이삭이 맺길 바라는 간절함도 함께 방울져 흘렀다. 산에서는 그동안 메말라 꺼칠하던 이파리들이 물약을 처방받고 파릇한 제빛으로 되살아났다. 단비를 마시고 흠뻑 취한 신록은 짙푸르러질 것이다. 장미도 줄기에 수혈을 받아 가시가 더욱 단단해지고 꽃망울이 콧대를 높이 세우고 있으려나. 잠시 낮 더위가 주춤거리는 사이, 산천초목은 뜨겁고 긴 여름을 보낼 막바지 준비에 박차를 가했다. 우린 잠깐의 더위에도 득돌같이 삶의 공간을 바꾸려고 부산을 떨지만, 자연은 더위에 순응하며 참을 인(忍)자를 수없이 되뇌며 견뎌낼 것이다. 자연은 인간들의 질곡과 부침(浮沈)의 역사를 말없이 지켜보면서, 늘 제자리에서 의연(依然)했으리라.

찻잔 속의 작두콩차를 한 모금 들이키며, 유난하지 않은 목 넘김이 좋았다. 비가 잠시 그치고, 햇살 한 줄기가 창 틈새를 비집고 들어왔다. 순간, 동해 바다의 풍경이 녹슨 기억을 헤치고 문득 떠올랐다. 뇌리에 포장된 아름다운 낭만의 바다가 아니었다. 투명한 비췻빛의 잔잔한 바다는 더욱 아니었다. 모진 비바람이 훑고 지나간 바

여름이 내게 들어와 꽃이 되었다

다는 흙탕물 색으로 변해 맹수처럼 거칠게 포효하며, 치받치는 울분을 참지 못한 바다였다. 얼떨결에 뒤로 물러섰다. 누런 괴물이 덮쳐오던 상상이 현실로 둔갑하였다. 세찬 비가 휘몰아쳤던 바다는 다정한 눈 맞춤을 허락하지 않고, 자꾸만 밀어내고 있었다. 밀려나면서 왠지 허덕거렸다. 평소에 품었던 윤색된 이미지가 아닌 조악함이 몹시 낯설었다. 그 뒤로 물을 들이붓듯 비가 내리면 바다 근처에 얼씬거리지 않았다. 왜냐하면 바다의 험상궂은 표정을 마주할 용기가 없었기 때문이다. 그러나 그때의 바닷가 풍광은 변화무쌍한 자연의 삶을 우리에게 대놓고 일갈하였는지도 모른다.

찻잔을 들고 또, 한 모금을 들이켰더니 차의 그윽한 향기가 온몸을 휘감았다. 그새 빗발이 굵어져 나뭇가지에서 물이 또르르 흘러내렸다. 여름을 맞이하느라 분주한 새들의 애잔한 노랫소리가 처량했다. 도심이라 먹이 구하기 어렵고 공기마저 무겁고 탁한데, 보금자리를 마련하고 새끼를 키우느라 애태우는 건 아닐지. 작년에 비해 아파트 주변 나무에 둥지를 트는 새가 현저히 줄었다. 어제 숲길을 걷다가 나무 위에서 꽤 두툼하고 기다란 나뭇가지가 앞에 툭 떨어졌는데, 순간 멈칫했다. 새의 부리로 옮기기는 버거운 크기와 무게였다. 안락한 둥지를 꾸미려고 어미 새가 날갯짓하다가 실수로 떨어뜨린 것 같았다. 고군분투하는 어미의 마음이 들여다보여 일순 먹먹해졌다. 미물들의 삶을 대하는 자세를 보면, 작은 것 하나에도 감사하며 사는 지혜가 돋보였다. 둥지에 시선을 욱여넣고 자리를 쉬이 뜨지 못했다.

비가 내리는 날엔, 지난 추억을 뜨거운 찻잔 속에 아련히 떠올리기 십상이다. 지방에서 새내기로 근무할 때 좋아하는 사람이 잠시 내려오기로 했다. 깊은 산골이어서 버스가 도착하는 시간을 가늠하기도 어려웠다. 차부(車部)에 붙박이 된 채 억수같이 내리는 비를 맞았다. 굵은 빗줄기를 우산이 미처 담아내지 못하고, 몸의 반쪽을 흠뻑 적셨다. 진흙탕 길이기에 도저히 올 수 없다고 단념하면서도, 막연한 기다림의 연속이었다. 허망하게 돌아서는 순간, 뒤에서 누가 살포시 감싸 안았다. 하얀 솜사탕 같은 사랑이 만개했던 청춘의 시간. 그때를 떠올리면 아직도 마음 한구석이 울렁거린다.

비가 차분히 내리는 광경을 바라보며 숨을 크게 들이쉰다. 작은 욕심마저도 내겐 큰 사치였을까. 지난 세월이 주마등처럼 뇌리를 스쳐 지나갔다. 유리창에 내리치는 비를 원망하며, 온종일 고열로 누워 끙끙 앓던 어린 내 아이가 소환되었다. 퇴근하여 보니 눈이 퀭하고 얼굴이 하얗게 질린 채 누워있던 아이를 발견하고, 아침 출근 직전 아프다는 말을 귓전으로 흘려들었던 과오를 그제야 깨달았다. 빈방에서 홀로 열이 들끓는 걸 감당하며, 방문에 눈을 매달고 오지 않는 엄마를 얼마나 애타게 기다렸을지. 너무 미안하여 가슴에 꼭 끌

여름이 내게 들어와 꽃이 되었다

어안고, 펑펑 울었던 기억이 새록새록 떠올랐다. 비가 내리는 하굣길에, 대부분 엄마들이 마중 나와서 우산을 받쳐주는 광경을 보며, 우리 아이들은 얼마나 부러워했을까. 방과 후에 내리는 비를 늘 온몸으로 맞아야 하는 현실이 어린 마음에 상처가 되고도 남았겠지만, 그럼에도 그 마음을 꽁꽁 숨겨놓고 내색도 안 했던 아이들. 엄마의 빈자리를 참고 견뎌냈을 내 아이들이 자못 대견하지만, 돌이켜보면 너무나 애련하여 자꾸만 목이 멘다. 나어린 가슴에 대못을 박은 못난 엄마였다. 뜨겁던 찻잔은 차갑게 식은 지 오래다. 인생(人生)은 뿌리 없는 평초(萍草)라 했던가. 여름을 재촉하던 이슬비가 슬그머니 자리를 폈다. 그리고 가느다란 햇발 하나가 조심스럽게 창문을 두드렸다. 마음에 차고 넘쳤던 빗줄기는 찻잔에 가득 쓸쓸함만 남겨놓고 떠나갔는가.

국립대전 현충원

아버지가 계신 현충원에 갈 채
비를 끝냈다. 어머니까지 합장하여 안장(安葬)되셨으니, 설레는 마음
으로 나들이에 나섰다. 신인 작품상에 당선되었다고 신고식도 올릴
겸 부모님이 무척 보고 싶었기 때문이다. 대전 현충원은 사방이 산
으로 둘러싸여 있고 묘역 앞쪽이 확 틔어있어서 명당자리라는 느낌
이 들었다. 산세(山勢)가 포근하고 실한 전나무 잎들이 무성하며 알
을 품고 있는 형상이라, 둘러보면 가슴이 시원하게 뚫리고 머리마
저 명징해졌다. 나라를 위해 당신의 한 몸을 희생하신 보상을 해주
듯이, 햇살은 아버지 누워계신 자리를 따뜻하게 보듬고 있었다. 비
석들 주변은 온통 알록달록한 조화로 꾸며져서 물색없이 화려했다.
비석에 새겨진 아버지의 이름 석 자를 젖은 수건으로 윤이 나도록
문질렀다. 가슴에 고이던 그리움도, 보고 싶어 젖어 든 마음도, 반짝

여름이 내게 들어와 꽃이 되었다

거리는 이름이 선명해지면서 마른 아픔이 되었다. 부모님 비석 앞에 털썩 주저앉았다. 하고 싶은 이야기들을 두서없이 편하게 늘어놓았다. 아버지 이야기를 써서 작가로 등단했으니 감사하다는 이야기부터 시작했다. 자식들 건강하고 다복한 생활을 이어가도록 돌봐달라는 간구와 동생들도 무탈하게 지켜달라는 소망과 하늘나라는 지내시기 편하시냐는 물음까지, 평상시처럼 조곤조곤 대화를 나누었다. 이따금씩 눈을 들어 주변을 살피면 무성한 산림이 에워싸고 있는 자연의 품 안이었다. 어릴 때 품 안에 안아주셔서 어르던 것처럼 부모님은 자연으로 돌아가서도 다 커버린 딸을 안고 계셨다. 뜨거운 햇볕에 앉았어도 머리 위만 조금 따끈하고 주변은 너르고 시원했다. 살랑거리는 한 줄기 바람이 뺨에 스치면 부모님의 손길이라고 느껴졌다. 혼자 와있는데 혼자가 아니었다. 어머니의 품속인 듯 푸근하고 편안했다. 조화를 예쁘게 꾸미고 주변의 잔디도 깨끗이 정리하며 딸과 부모의 대화는 끝이 없었다. 부모님은 말없이 듣기만 하시다가, 가끔씩 산새가 되어 청아한 목소리로 대답해 주셨다.

아버지 계시는 묘역은 백룡길이다. 다른 묘역 가는 길도 청룡길, 백호길 등 국군부대를 연상시키는 이름이었다. 길마다 용맹함이 담뿍 깃들어 있었다. 대전 현충원 보훈 둘레길도 무지개길이라는 예쁜 이름으로 지어졌다. 노랑길, 쪽빛길 등 걸으면서도 발걸음이 절로 경쾌할 것이다. 제2연평해전 전사자 묘가 아버지 계신 묘역 끝쪽에 자리하고 있다. 아버지를 뵙고 내려가는 길에 꼭 들러서 잠깐의 묵념이라도 올린다. 부모는 아니지만 새파란 젊은 병사 묘역 앞에 서면 먹먹함이 가슴으로 밀려온다. 그런데 당사자인 전사자의 부모 가슴은 얼마나 억장(億丈)이 무너지게 아플지, 안 겪어본 사람은 그 깊이를 가늠할 수조차 없다. 천천히 발걸음을 옮기다가 연평해전 전사자 묘역 쪽을 바라보니, 아버지 따라서 온 초등학생 어린이들이 연신 뛰어다니며 즐겁게 놀고 있었다. 전사자 동생을 만나러 온 형은 동생에게 헌화하고 땅에 박힌 말뚝같이 서있었지만 외로워 보였다. 슬픔에 겨워 혼자 가슴앓이하고 있었다. 죽음을 겪어보지 못한 어린이들의 환한 얼굴과 대비(對比)되었다. 내려오는 발길이 마냥 무거웠다. 부모님을 모시고 내려가는 게 아니어서 그런가. 다른 때보다도 발걸음이 쉽게 떨어지지 않았다. 자꾸만 뒤돌아보며 아버지의 비석이 안 보일 정도로 먼 곳인데도 한참을 제자리에 서서 서성거렸다. 자주 오겠다고 다짐을 드리며 돌아섰다. 생활전선으로 돌아와 바쁜 삶에 치이다 보면 현충원 계신 부모님은 당분간 까맣게 잊고 지낼 것이다. 그러다가 생신날이나 기일에나마 떠올려 보고 잠시 그리워 가슴이 먹먹하리라. 가족 중 한 사람의 유고, 특히 부모의 유고야말로 남아있는 다른 가족에게는 치명적이다. 나라를 지킨다는 명분 아래 목숨을 초개처럼 내놓고 대전 현충원에 잠들어 있는 수많은 영웅호걸들이 자신의 영예는 드높였으나, 남은 가족은 아버지의 부재로 인해 힘겨운 삶을 영위해야만 했을 것이다. 호국영령들이 남은

여름이 내게 들어와 꽃이 되었다

가족들이 지닌 아픔의 무게를 덜어주고 위로가 되어주면 더없이 좋으련만.

몇 년 전에 해전에서 전사하고 난 후, 현충원에 계신 아버지를 자주 만나기 위해 대전으로 이사 온 두 가족의 일상이 방영되었다. 초등학교에 다니는 아이들과 제집처럼 현충원을 들락거리는 젊은 미망인들의 표정은 생각보다 밝았다. 아버지 묘역은 점심 도시락을 싸가지고 소풍 오듯이 자주 와서 놀다 가는 일상의 공간이었다. 지하에 계신 아버지들도 자주 방문하는 자식들을 보고 기뻐하며 외롭지 않을 것이다. 같은 아픔을 공유하고 있는 두 가족은 먼 친척보다 더 다정하고 끈끈하게 이어질 것이다. 호국의 기를 받으며 자라난 아이들은 아버지를 닮아 책임감이 출중하고 사회에서 가장 필요한 재목으로 성장하리라.

호국영령들의 위훈(偉勳)을 기리기 위해 우뚝 솟은 현충탑은 대전 현충원의 상징이다. 바라보는 것만으로 든든하고 가슴이 훈훈해져 왔다. 홍살문을 지나면서 절로 숙연해졌다. 엄숙한 공간에서의 일별(一別)을 끝내고 돌아서는 마음을 아는지, 눈이 붉어지는 참배객을 따라 홍살문의 붉은색도 더욱 짙어만 갔다. 호국철도기념관에 전시된 미카 129호라는 명찰을 단 증기기관차는 홀로 우뚝했다. 전쟁 중에 내달리며 자신의 소임을 다하고, 과거의 용맹스런 자태를 꼿꼿이 유지하며 말없이 자리를 지키고 있었다. 침묵 속에 들려주고 싶은 말을 모두 함축(含蓄)하는, 속 깊은 정(情)을 드러내 놓고 있었다. 검은 슬픔을 삭이며 인내하는 그 모습이 애처롭게 다가왔다.

아버지가 계신 묘역은 맨 위쪽 끝자락에 위치하여, 꼬불꼬불 산길로 한참 올라가야 한다. 입구에서부터 차로 10분 이상 달려야 하는 거리다 보니, 어른 걸음으로 천천히 1시간은 걸어야 당도할 것이다. 주변 조경이 잘 되어 있어 숲으로 난 길은 힐링도 되는 거룩한 공간이다. 그러나 더운 여름에 높은 산길을 걸어서 오르는 게 쉽지만은 않다. 그래서 현충원에서는 묘역을 순환하는 차량을 무료로 운영하고 있다. 승강장마다 참배객을 태우는 '보훈모시미' 셔틀버스는 현충원 곳곳을 둘러보는 데 유용한 탈것이다. 6·25전쟁 용사 묘역의 자식들이 대부분 60대 이상이 되었다. 독립유공자 묘역의 후손들은 더 나이가 들었다. 제시간에 도착한 버스 안에는 노인들로 가득 찼다. 부모님을 모시고 방문하는 40대층도 가끔 보이지만 젊은 이들은 보이지 않았다. 이제 묻힌 이들이 증조부모에서 고조부모로 넘어가는 세대가 되면 현충원은 역사의 한 페이지로 남게 될 것이다. 그때는 학생들이 현장 학습하는 공간으로써의 역사적 가치를 장식하게 되지 않을까. 먼 훗날, 증조할아버지가 군인으로 참전하고, 겪었던 비장한 삶의 역정(歷程)을 우리 손주들이 가슴으로나마 이해할 수 있으면 좋겠다.

여름이 내게 들어와 꽃이 되었다

II.

마음 깊은 곳,
그리움

장미축제

"아, 사부인! 안녕하세요?"

"그간 잘 지내셨지요. 오늘 뭐 하세요?"

"네, 덕분에 잘 지내고 있어요. 지금 성당에 왔는데요."

"그럼, 점심 식사 같이할까요?"

"네, 그럼 미사 끝나고, 한 시간 있다가 뵈어요."

첫째 사부인이 전화를 주셨다. 바로 번개팅이 성사되었다. 나보다 7살 위인 큰 사위의 어머니다. 가끔씩 만나 밥을 먹고 정담(情談)도 나눈다. 매일 바쁘신 분이다. 노래 교실도 매주 두 번은 빼놓지 않고 참석하고 친구들과 자주 여행도 다니신다. 같이 다닐 때는 오히려 젊은 내가 사부인의 팔짱을 끼고 이동한다. 마침 장미가 아름다운 철인지라 중랑천 변에서 열리는 '장미축제'에 함께 가보기로 하고 발걸음을 재촉했다. 지하철을 타고 내려서 걸어가는데, 주말이라 그런지 축제에 가는 일행이 제법 많이 눈에 띄었다. 우리도 무리 속에 합류하여 축제의 현장으로 들어갔다. 터널처럼 꾸며진 장미 넝쿨 속을 지나가며, 장미꽃 한 다발을 받고 파안대소하던 아름다운 청춘이 잠시 소환되었다. 한쪽에선 시니어 밴드의 구수한 열창이 이어지고, 머리가 하얗게 빛나는 관객들로 성황을 이루었다. 가던 발걸음을 멈추고 한참을 서서 구경하였다. 축제에서 흥은 돋우는 건 아무래도 공연이 한몫을 하였다. 한없이 이어진 장미의 숲에서는, 모두가 장미가 되어 피어났다.

장미 터널 아래쪽에 축제의 하이라이트인 먹을거리가 즐비했다. 각종 음식들이 구미를 돋우며 손님을 부르고 있었다. 사부인과 계단을 따라 내려가서 위에 부담이 적은 음식을 찾았다. 사부인은 약한 위를 가진 사돈을 배려하여 묵밥하고 메밀전병을 사셨다. 조금 더 가보니 싱싱한 수박을 갈아낸 수박주스가 눈에 들어왔다. 부리나케 수박주스를 사가지고 빈자리를 찾았다. 간이 식탁 위에 차린 음식을 곁들여 우린 이야기의 꽃을 피웠다. 건너편에는 나이 지긋한 두 연인이 조심스럽게 소곤거리며 묵밥을 먹었다. 연신 옆 사람을 챙겨주는 모양새가 젊은 연인의 모습과 진 배 없었다. 흐뭇한 마음으로 두 사람을 바라보았다. 정오를 지나니 해가 제법 따끈하다. 그늘을 찾아 벤치로 갔더니 온통 사람들로 가득 찼다. 빈자리가 있는지 둘러

여름이 내게 들어와 꽃이 되었다

보았다. 한 여인이 셋이 앉을 수 있는 자리인데 가방을 가운데 떡하니 올려놓고, 모른 척 딴 데를 바라본다. 사부인은 혀를 끌끌 차신다. 뻔히 다리가 아파 앉을 자리를 찾는데, 사나운 인심에 기가 막히시나 보다. 그늘에 한참을 서있었다. 가방으로 한 사람 차지를 하고 혼자 편히 쉬던 사람이 슬그머니 떠나고 나서야 겨우 벤치에 앉았다. 천변이라 바람도 솔솔 불어오고 하니, 신선이 따로 없었다. 아무생각도 없이 지나가는 사람 구경하는 재미가 쏠쏠하다. 유모차에 탄 아가와 엄마는 연신 교감하며 사진 찍기에 바쁘다. 장미모형을 만들어 놓은 포토존에서는 청춘들과 장년층, 외국인 가릴 것 없이 사진 찍는 포즈 취하기에 여념이 없다. 한참을 앉아서 사람과 꽃구경을 번갈아 하며 담소(談笑)를 즐겼다. 사람들이 더욱 붐비기 시작했다. 먹거리 장터에 가보니 빈자리가 없었다. 장미 터널은 장미가 반이고 사람이 반이어서 다니기가 어려웠다. 앞에 가는 일행이 사진을 찍느라고 잠시 멈춰 서면 뒤에 따라가던 행렬은 무작정 기다려야 했다. 행사장을 빠져나와 천변으로 자리를 이동했다. 물 옆의 바위들은 제멋에 겨워 저마다 멋진 폼으로 자리하고 있었다. 바위에 편안히 걸터앉아 대화는 계속되었다. 속마음을 털어놓고도 흉이 안 되는 인척간이기에, 이런저런 수다로 시간 가는 줄도 몰랐다.

물은 바다든 강이든 작은 내든 정중동(靜中動)이라 했던가. 잔잔하면서도 물밑으로 어디론가 움직이는 그 한없음에 맑은 속살이 드러날 것만 같은 느낌이 든다. 중랑천 물은 깨끗하여 속까지 들여다 보이는 물도 아니다. 사람의 손길이 마구 스치고 지나가면서 예전에 해맑던 얼굴에는 수심(愁心)이 그득하다. 사부인과 열심히 정담을 나누는데 멀지 않은 곳에 한 처자가 다소곳이 자리를 잡았다. 등에 진 백은 세상 아픔을 모두 실은 듯 힘에 겨워 보였다. 한동안 물속을 뚫어지게 응시하는 모습마저 애잔하다. 사랑하는 이와 갑작스런 별리가 슬픈 걸까 아니면 그리운 가족과 연(緣)이 닿지 않은 외로움에 그도 아니면 신산한 삶에 지쳐버린 걸까. 사부인과 대화하면서 눈은 자꾸 그쪽으로 향했다. 슬픔과 외로움은 표시가 나나 보다. 내가 슬프고 외로울 때는 남이 눈치채지 못하게 조심한다고 자신했었다. 그러나 내가 아닌 남의 눈에 나의 모습은 정직하게 보여졌을 진데. 나 혼자만 몰랐던 거였다. 내게 단지 물어보지 않았을 뿐 짐작은 했으리란 걸 왜 나만 몰랐을까. 헛똑똑이인 걸 늦게야 알고 말았으니. 내가 남을 배려한 게 아니고 남들이 나를 배려해 모른체했을 뿐이다. 슬픔이 삭여지면 망각 속에 갇힌다. 어느 순간 가라앉힌 슬픔이 분출되면 아픔은 잠시뿐이고, 세월 따라 아픔도 희석되어 추억의 한 장으로 흘러가 버리는 것 아니겠는가. 떠나가는 처자의 뒷모습에 아린 슬픔이 데굴거리며 붙어서 간다. 버텨내야 한다. 누구라도 기쁨과 슬픔은 한 끗 차이로 맞이하고 보내는 거니까, 젊음의 기세(氣勢)로 이기고 지나가리라. 장미꽃 한 송이 꺾어서 기운 없는 손에 살짝 얹어주었다면 좋았을 걸. 장미축제의 그 흔한 장미는 그 처자에

여름이 내게 들어와 꽃이 되었다

게 꽃 한 송이의 작은 기쁨조차, 선사하지 못하고 떠나보냈다.

　장미축제를 기획한 주최 측이 내방객들에게 싱싱한 장미꽃을 꺾어주지는 못하더라도, 장미 한 송이씩 예쁘게 포장해 놓고 시중보다 헐한 값에 사 가게 했으면 하는 아쉬움이 가득했다. 장미축제 현장에서 먹는 즐거움이 배가되어 좋았지만, 온전히 장미가 주인이 되면 더 좋았을 것을. 가는 발걸음에 장미가 묻어가는 소소한 기쁨을 함께 누리면 더 좋았을 것을. 사부인과 축제의 장(場)을 떠나면서 멀어져가는 장미 넝쿨을 바라보고 또 바라보았다. 자연의 아름다움을 켜켜이 모아두고, 이따금 멀미 나는 추상(追想)에 보태어도 괜찮지 아니한가.

나의 오늘은 그대의 내일

　　　　　　　　"나의 어제는 그대의 오늘, 나의
오늘은 그대의 내일" 피렌체의 화가 마사치오가 그린 '성삼위일체'
명화 밑의 해골 아래에 적힌 글귀다. 가슴이 울렁거렸다. 삶은 대를
이어 영원하므로 두렵지 않은 죽음의 예찬을 우회적으로 드러낸 것
일까. 인간의 육신은 한계에 직면하지만, 정신세계의 계승은 영속적
임을 철학적으로 설파한 것일까. 아니면 불교의 윤회 사상과 맞닿은
예수의 부활에 관한 교리를 영생불멸의 궤로 승화한 것일까. 선대의
사상과 작품이 사후에도 계속 회자하고 진한 감동을 주는 것을 보
면, 인류 생멸의 역사에서 멸하지 않을 진리는 시대가 바뀌어도 면
면히 명맥을 유지해 왔다고 본다. 이탈리아 피렌체의 두오모 성당을
무한히 동경(憧憬)했다. 일본 작가가 쓴 《냉정과 열정 사이》의 젊은
연인이 만남을 약속한 장소라서 관심이 지대했나 보다. 그런데 산타

　　　　　　　　여름이 내게 들어와 꽃이 되었다

마리아 노벨라 성당의 명화들을 영상으로 만나보고, 피렌체는 더 가보고 싶은 명소가 되었다. 사실 그림이 성스럽기도 하지만, 해골 아래에 적힌 글 한 줄이 신선한 충격으로 다가왔기 때문이다. 영원이란 신만의 전유물로 인지하는바, 우리네 평범한 삶의 영속을 희구하는 글귀이기에 한 번 곱씹어 보았다. 중국의 천하통일을 이룬 진나라의 시황제는 권력의 정점에서 만리장성을 축조했다고 한다. 그러나 가난한 백성들의 고혈을 짜내고 수많은 희생이 담보된 고난의 족적(足跡)이었다. 아이러니하게도 자신만은 죽음에서 자유롭고 싶은 욕망을 제어하지 못했다니. 불로불사약을 구하기 위해 동방으로 원정대도 보내며 생명의 구원(久遠)을 좇다 수은에 중독되었다고 한다. 지천명을 헤아릴 나이 50세에 전국을 순행(巡幸)하다가 객사하였으니, 삶이 영속되기를 열망하더니만 덧없는 인생길엔 황량함만이 가득하다. 죽음은 부귀 여부를 등위로 나누지 않는다. 죽음이야말로 만인 앞에 평등하다. 그러나 진시황은 영생을 꿈꾸며 사후에 지하궁전에서 부활하기를 고대했다. 고금을 통틀어서 죽어서도 삶이 이어지길 염원한 인간의 헛된 욕망, 부질없음을 알고도 집착하는 우를 범하고 있다. 시황제의 무덤은 아직도 발굴을 계속하고 있지만, 그는 죽고도 살아남았다. 현재를 사는 우리의 인구에 회자하는 것만으로 그는 죽음에서 부활한 게 아니었을까. 그렇다면 나의 어제는 그대의 오늘이 될지도 모르지 아니한가.

100년 이상을 할애하여 완공한 성당이 즐비한 유럽은 전통문화의 성지다. 유럽인들의 종교와 건축을 아우르는 탁월한 식견 또한 놀랍기만 하다. 뛰어난 예술가가 활동할 수 있는 무대를 마련하여 재능을 마음껏 펼칠 수 있도록 뒷받침했던 시대 흐름 또한 부럽다. 영상으로 접하는 고대 유물을 보면 숙연해지기까지 하다. 나의 오늘은 그대의 내일임을 넌지시 보여주었다. 땅에 묻혀 숨죽이던 역사는 지상으로 올라와 빛을 본 순간, 진실을 왜곡하지 않고 있는 그대로 보여준다. 우리는 과거의 삼국시대나 고려 및 조선시대의 역사가 얼마나 찬란했는지 현존하는 문화유물로부터 보고 배운다. 지배층은 화려한 복식을 갖춰 입고 아름다운 정원에서 자연의 풍미가 가득한 산해진미를 접하며 유유(愉愉)한 삶을 구가했으리라. 평민이나 노비들은 온종일 허리 한 번 못 펴고 농사를 지어 윗전에 꼬박꼬박 바치면서, 품삯으로 받은 보리쌀 몇 되에 풀을 섞어 연명하였을 것이다. 평생 입 밖으로 고되다는 말을 꺼내지도 못하며 신산한 삶을 살지 않았을까. 지하유물에서 지배층의 권력을 과시하는 용도로도 쓰인 갑옷이나 창과 칼이 심심치 않게 출토되는 것을 보면, 전쟁에 동원되는 평민과 노비의 삶은 얼마나 힘들고 고달팠을지 짐작되고도 남았다. 남자들이 지배층의 명령에 전쟁터로 불려 나가면 남은 아녀자들은 생환을 고대하며 하루하루 속절없이 피나는 고통을 씹으며 살지 않았을까. 삶이 죽음이고 죽음이 곧 삶임을, 일찍부터 깨닫고 체념하며 살지 않았을까. 전쟁터에 이름 없는 병사로 출전한 백성이 얼마나 허무하게 목숨을 잃었는지 역사는 기억하고 있을까. 나의 어제는 그대의 오늘이었다. 열악한 환경에서 피나는 땀을 흘렸을 평민과 노비들이 이끌어 온 나라 아니던가. 나라가 망하면 지배층은 사라져도 평민과 노비들은 언제나 그 자리에서 국호가 바뀐 새 나라의 법률에 따라 묵묵하게 지배받고 말없이 순응하며 살아온, 은근과 끈기로 점철된 민족성이 우리 가슴에는 강하게 자리 잡고 피가 되어 흘렀으리라. 산사에 가면 낡은 고찰에서 역사의 숨결을 느껴볼 수 있는데, 그 안에 현존하는 스님들이 과거의 명맥을 그대로 이은 삶의 방식을 고수하고 있기에, 더욱 감흥이 배가되는 건 아니었을까.

근대화의 바람이 불어올 때 우리는 오래된 전통 한옥을 마구 헐어냈다. 유구한 역사에 비해 얼마 남아있지 않은 전통문화의 보존은 그래서 더욱 소중하다. 몇 년 전, 일본 후쿠오카로 여행 갔을 때, 뜨문뜨문 지어진 전통가옥과 주변 풍광이 예전 그대로임에 깜짝 놀랐다. 백제 유민이 유입되었던 지역이었으니, 백제시대의 전형적인 모습 그대로 남아있지 않았을까 하는 생각이 들어, 한동안 붙박이 나무처럼 서있었다. 우리나라도 고조선 이후 옛 시대의 고색창연한 건축물이 그대로 남아있었다면 여행의 성지가 되었으리라는 진한 아쉬움이 자꾸 밀려왔다. 하물며 일제강점기 때 지은 건물을 마구 헐어버렸다. 후세대가 알아야 할 치욕적인 역사의 현장도 오래 보존하고 침략전쟁의 흔적을 기억해야 했다. 독일이 유대인 교도소를 헐어내지 않고 자국민이 두고두고 반성하는 역사의 장으로 남겨둔 것과 대비되어 아쉬운 마음이 컸다. 왜곡된 역사의 유물이라도 두고두고 교육의 현장으로써 의의가 크다는 것을, 애써 지우려 했을까.

우리나라의 왕정 시대에 중앙정부의 정치적 희생양이 되면 무참히 제거되거나 아니면 뛰어난 학자일지라도 유배되어 간신히 목숨을 부지했는데, 그중에서 대단한 업적을 남긴 추사 김정희와 다산 정약용은 괄목할 만하다. 절해고도인 제주도에서 유배 생활을 한, 추사 김정희는 곤경을 극복하고 고유의 '추사체'를 탄생시켰다. 제자 이상적에게 그려준 '세한도' 앞에 서있으니, 그의 쓸쓸한 심경이 오롯이 전달되었다. 또 18년간 전남 강진의 유배지에서 초당을 짓고 학문을 연구한, 다산 정약용은 실학 관련 500여 권의 저서를 남겨 실학의 바탕을 마련하였다. 육신의 삶은 그 시대에서 단절되었어도, 영혼을 담은 작품이 남아 꾸준히 계승되고 있다는 사실에서 역사는 문화의 영속성을 따라 흘렀다. 그렇다면 나의 오늘은 그대의 내일이 될지도 모르지 아니한가.

책과 글에 파묻혀 하루를 엮다 보면 보석처럼 귀중한 시간임을 깨닫게 된다. 일필휘지로 쓴 《김수영 전집》을 접하면서 시인의 해박한 시선에 깊이 매료되었다. 전집에 실린 주옥같은 평론과 생각의 일면 등은 범접하기 어려운 그만의 독특한 정신세계의 발현이었다.

1960년대의 정치 경제적으로 혼돈된 양상에도 휘둘리지 않고 당당하게 걸어간 그의 발자취를 더듬어 보았다. 작가는 작품으로 말한다. 그는 영어든 한자든 적재적소에 맞는 어휘의 선택을 하고 자기의 기조에 대해 솔직담백했다. 경제적으로도 풍요로운 삶을 경계하였고 작가로서 정치색을 띠고 소신 있는 발언을 못 하는 것 또한 부끄러워했다. 메멘토 모리 '죽음을 잊지 말라'라는 뜻을 '편안한 체험과 무위(無爲)에의 유희가 아닌 끊임없이 각성한 생명을, 끊임없는 새로운 출발을 독려하는 것'이라는 말로 시인은 가볍게 응수했었다. 산타마리아 노벨라 성당의 해골 아래에 적힌 글귀와 맥이 닿아있는 데 놀라움을 금치 못했다. 작품만이 남아 시인의 시대적 고뇌와 뜨거웠던 열정을 말해주고 있다. 그의 시 〈풀〉은 언제 들어도 가슴이 먹먹해지고 아릿하게 귓가에 스며든다. 작품의 진정성은 작가의 오랜 고뇌 끝에 길어 올린 생명수와 진배없다. 훌륭한 작품이란 의식의 작용이 끊임없이 세대를 뛰어넘어 기저에 흐르고 있다.

작가는 삼시 세끼 걱정을 덜어내는 삶에서 작품 활동을 해야 창조의 역량이 극대화될 수 있다. 그러나 풍요와 빈곤은 반비례하므로 정신적인 풍요가 있는 곳에선 물질적으로 빈곤한 삶을 이어가지 않았을까. 절실해야 주옥같은 글이 써지는 것이다. 정치적인 압박이 거세던 러시아에서 세계적인 문호가 드물지 않게 배출된 사실을 봐도 알 수 있다. 해학이 깃든 글을 쓸 시기가 되었다. 삶의 지혜와 용기를 줄 수 있는 글을 쓰고 싶다. 후세에 읽어봐도 명대사가 될 아름다운 글 한 편을 쓰고 싶다. 누구라도 '글 내용이 가슴에 와닿네요.' 하고 말 한마디 건네줄 수 있는 감동적인 글을 쓰고 싶다. 욕심부리지 말고 "나의 어제는 그대의 오늘, 나의 오늘은 그대의 내일"의 뜻을 기리며 책과 씨름하고 글 한 줄에 온밤을 하얗게 지새워도 좋지 아니한가. 김수영 시인의 메멘토 모리 정신을 잊지 않고 오래 기억하면서.

여름이 내게 들어와 꽃이 되었다

고향집 문을 열면

              집은 고향이다. 문을 열면 버선발로 달려 나와 반기는 어머니가 계신 곳이며 따뜻한 음식과 왁자한 웃음이 서린 장소를 의미한다. 요즘은 sweet home이 아닌 place로서의 장소이며, 사랑스럽고 개방적인 장소로서의 특성을 멀리하고 단순히 안온(安穩)한 쉼을 영위(營爲)하는 장소로 의미가 변질되어 버렸다. 혼밥과 혼술과 호캉스가 대세인 시대다. 태초에 인류는 밀려드는 외로움에 자손을 낳아 부족을 이루고 국가를 세우며 면면히 이어져 왔는데, 다시 원시시대로 돌아가려는가. 그러나 문명이 발달할수록 인간은 진학과 취업 등을 이유로 한 곳에 정착하지 않고 여러 곳으로 옮겨 다니며 살고 있다. 산업화와 세계화는 체계적으로 장소를 파괴하면서 장소 없는 인간을 만든다는 소설가 장정일이 짚어낸 〈장정일 칼럼〉에서의 일갈은 빈말이 아니다. 고향은 우리의 뿌리였지만 현대인에게 고향은 큰 의미는 없다. 잠시 머무는 장소일 뿐이다. 1970년대 후반에 미국 작가 알렉스 헤일리의 소설 《뿌리》가 드라마로 제작되어 미국 전역에 선풍적인 인기를 거두었다. 작가가 외할머니에게 들은 아프리카 조상의 단편적인 이야기를 발판 삼아, 10여 년간 발품을 팔아서 자료 조사를 마친 후에 기술한 역작이다. 작가의 상상력을 배제한 채 실제 일어났었던 상황을 재구성한 르포르타주였다. 작가의 엉킨 실타래 같은 가족사를 풀어내는 데 아프리카를 빼놓고 이야기할 순 없었다. 그의 정체성(正體性)의 근간(根幹)을 이룬 곳에서 이야기는 시작되었다. 당시 미국 사회에 큰 반향(反響)을 일으켰다. 우리나라에서도 방영되어 드라마에 열광했었다. 그렇지만 40여 년 전의 세상과 작금의 세계는 판이하다. 순혈주의를 부르짖던 우리나라도 현재 230만 명에 달하는 외국인이 거주하니까 그야말로 작은 지구촌이다. 외국인과 결혼한 친척도 있는 것을 보면 크게 낯설지만은 않다. 뿌리라는 말이 무색하게 요즘은 사는 곳도 직장도 철새처럼 옮겨 다니는 사람들이 많아서, 이웃도 몇 년에 한 번씩은 바뀐다. 지금 사는 곳으로 발령이 나면서, 그나마 오랜 시간 거주하고 나의 생애를 같이한 장소가 현재 살고 있는 집이다. 같은 서울이라도 엄마의 집은 너무 구석이라 가기 힘들다는 아이들의 푸념을 들어도 그냥 견뎌내고 있다. 삶의 정체성을 알게 해준 장소, 자아개념을 집대성(集大成)한 장소, 삶에 지쳐 힘들 때 돌아와 버팀목이 되어준 장소, 이곳을 떠나 내 삶의 현주소를 논하기는 어렵

여름이 내게 들어와 꽃이 되었다

다. 책상에 앉아만 있어도 편안하다. 누우면 안락하다. 책을 읽는 순간마다 도원경(桃源境)에 빠진다. 산과 물에 둘러싸여 있으니 명당이지 않은가. 장소는 향수를 불러오는 머릿속 저장고에 있을 뿐이라고 생각했는데, 아니었다. 머릿속 생각을 정리하여 글로 펼쳐놓는 장소가 바로 나의 집이었다. 가까이 보이는 산자락의 경관을 늘 감탄하며 바라보곤 한다. 내가 속해있지 않았는데 의미를 부여하며 자주 바라보니 최애(最愛) 장소가 되었다. 더 바랄 게 있는가! 장소 없는 인간이 되지 않은 것만이라도 다행이다. 여행 갔을 때 머무는 공간은 내가 그곳에 잠시 속해있기는 하지만 의미로 맺어진 곳이 아니라는 것을 은연중에 깨달았다. 장정일 작가의 말처럼.

우리가 잠시 거주하는 장소가 물론 고향은 아니다. 태어나고 자라서 오래 머문 곳이 고향이다. 내게는 고향이면서도 어릴 적 추억의 장소가 기억에 아련히 떠오른다. 태어나서 7살 때까지 머문 부산 광안리. 광안리 해수욕장에서 멀지 않은 곳에 우리 집이 있었다고 어머니는 말해주었다. 말 안 들을 때마다 엄마는 광안리 다리 밑에서 주워왔다고, 진짜 엄마를 찾아가 보라고 놀리기도 했다. 어린 나는 무척 걱정이 되었다. 정말 다리 밑에 가면 다른 엄마가 기다리고 있을까 봐 겁이 났었다. 어렴풋한 기억으로 떠오르지만 갈수록 그리움은 배가된다. 영도 다리 위에 앉아서 부모님과 단란했던 유년의 시절을 떠올리고 싶다. 혹시 부모님을 부르면 젊은 모습으로 달려와 주시지 않을까. 김밥이라도 싸서 가져가면 맛있게 드실까. 그동안 잘 살았다고 칭찬해 주실까. 남동생 산소는 안 가고 기도만 한다고 말씀드려도 속상해하지 않으실까. 이젠 동생들이 돌보기로 했으니, 걱정 마시라고 하면 괜찮다고 위로해 주실까. 그냥 아버지, 엄마하고 한 번만이라도 불러보고 웃으시는 모습을 보고 싶다. 우리가 머무는 곳이 이승이라 오시기 힘든 걸까. 부모님이 낳아주시지 않았으면 행복한 순간인들 접할 수 있었으랴. 부모님이 고향이다. 머물고 싶은 곳은 부모님의 품 안이다. 가슴에 안고 자장가를 불러주시며 토닥거리던 주름진 약손이 그립다. 배 아플 때도 따스한 사랑의 손길이 닿으면 씻은 듯이 나았다. 배고프다고 하면 따뜻한 밥과 국 및 반찬을 뚝딱 차려내셨다. 반찬 없다고 투정해도 웃으셨다. 어린 내가 철없이 굴어도 말없이 웃던 그 모습 한 번만 꿈속에서라도 보고 싶다. 조금 철이 든 지금은 잘해드릴 수 있는데……. 부모님이 머무는 곳이 편안한지도 묻고 싶다. 천상병 시인의 시 〈귀천〉의 구절처럼 이 세상 소풍 끝내는 날, 가서 아름다웠다고 말씀드리리라. 좋은 세상에 머물게 해주셔서 잘 지내고 왔다고 수줍게 고백하리라. 손때가 덕지덕지 묻은 고향 집 문을 열면, 어머니는 예전처럼 버선발로 나와 반겨주시지 않을까.

여름이 내게 들어와 꽃이 되었다

마음 깊은 곳, 그리움

　　　　　　　　　　속내까지 절절하게 맺힌 건 그
리움이다. 마음 깊은 곳에서 끓어오르는 아련함이다. 찌는 듯한 더
위가 희미한 기억들을 소환해 놓고 울적했던 심사(心思)를 잠시 잊
게 한다. 뜨거운 태양이 작열하는 여름날의 오후. 베란다의 열기가
뜨겁다. 불화로를 피워놓아 활활 타오르는 모양새다. 짧은 시간 서
있었는데도 불구하고 등 뒤에서 배어난 땀이 윗도리를 흠뻑 적셨
다. 그런데 기분이 좋았다. 용광로같이 펄펄 끓는 뜨거운 햇살이 송
곳처럼 피부를 꿰뚫었다. 불화살을 맞고 데기 직전인 살갗은 용감했
다. 쏟아져 내리는 땀방울들로 말미암아 피부의 열기를 식혀주었다.
분수같이 흐르는 땀방울은 몸속의 나쁜 기운을 송두리째 몸 밖으로
분출했다. 마음은 오히려 점점 시원해져 갔다. 뜨거운 여름을 사랑
하고 있음을 뒤늦게 알았다. 태양은 뜨거운 열기를 발산하며 만물에

게 사랑받고 있었다. 곡식도 과일도 열매의 튼튼한 내실(內實)을 위해선 뜨거운 사랑을 필요로 한다. 사람도 예외가 아니다. 뜨거운 사랑을 해 본 사람만이 사랑이 얼마나 위대한지 또 소중한지를 잘 안다. 사랑에선 얻음과 잃음의 비교 우위를 논하기가 지극히 어렵다. 주관적인 시선이니까. 그러나 기회가 또다시 온다 해도, 불같은 사랑을 시작하기 두려워 머뭇거릴 것이란 걸. 왜냐하면 불같은 사랑의 끝자락은 태산이 무너지는 아픔을 동반하기 때문이다. 불꽃같은 사랑의 시작은 감미롭고 세상을 다 가진 듯 한량없지만, 얼음판 위에선 끝 사랑은 더없이 처절하다. 얼음 칼에 베이듯 매몰찬 슬픔에 빠져 헤어날 수 없을 정도이니까.

평창에 있는 중학교에서 잠깐 교사생활을 했다. 시외버스를 타고 한참이나 굽어진 산동네를 돌고 돌아 차부에 다다랐다. 2월 끝자락인데도 불구하고 산등성이에는 흰 눈의 발자국이 듬성듬성 이어져 있었다. 뺨이 얼어붙는 한기에 마음까지 시린 첩첩산골이었다. 한 학년 당 1학급씩 구성되어 있었으며 3명의 교사가 부임하였다. 긴 겨울코트를 입고 모자까지 쓴 나와 일행은 숙소를 향하여 걸음을 옮겼다. 그런데 기분이 묘했다. 누군가 지켜보고 있는 듯 시선이 따갑게 느껴졌다. 차부에서 큰길을 따라 걷는데, 이어진 1층 건물 창문마다 사람들이 다닥다닥 달라붙어 눈길을 모으고 있었다. 외부인인 우리를 주시하고 있었던 것이다. 놀라긴 했지만 젊음의 혈기로 모르는 척 앞만 보고 걸었다. 신고식을 단단히 치르고 새내기 교사로서의 생활이 시작되었다. 1학년 담임을 했는데 갓 입학한 학생들의 천진난만한 모습이 초등학생과 진배없었다. 그 당시에는 점심시간에 싸 온 도시락을 열어 일일이 혼식검사를 했다. 산골 학생들이라 꽁보리밥부터 시작하여 팥, 콩, 수수 등 다양하게 밥을 싸 왔다. 일부 학생들의 도시락이 하얀 쌀밥이었다. 나는 무심코 나무랐다. 그러자 아이들의 눈시울이 붉어졌다. 알고 보니 옥수수밥이었다. 옥수수 껍질을 벗겨서 지은 밥이었다. 산골에선 춘궁기가 오면 쌀은 다 떨어지고 없었다. 현실을 직시하고 나니 얼마나 미안했는지 모른다. 옥수수로 지은 하얀 밥은 뜨거울 때 별미다. 그러나 식으면 딱딱하게 굳고 찰기가 적어서 맛이 없다. 척박한 산골실정을 모르던 나는 가슴이 먹먹해져 왔다. 농번기 때는 몇몇 학생들이 계속해서 결석을 하였다. 걱정이 되어 산길을 돌고 돌아 가정 방문을 해 보면, 일손부족으로 일부러 학교에 보내지 않은 것이었다. 부모님을 설득하여 겨우 학교에 등교시키곤 했지만, 어렵고도 힘든 산골생활을 경험해 보지 못한 나는 시행착오의 연속이었다. 수업 끝난 토요일 오후나 일요일은 아이들과 자전거를 타고 강가로 나갔다. 중3 여학생 중에는 늦깎이 학생이 여러 명 있었다. 그중에는 18살 먹은 친구도 있었다. 선생과 학생의 나이 차는 적었다. 여학생들은 선생인 우리보다 음식을 더 잘 만들고 살림에도 능숙했다. 강에서 잡은 물고기로 끓인 어죽은 다시없는 맛이었다. 깐 옥수수에 콩과 팥을 버무려 만든 옥수수 버무리도 일품이었다.

　그즈음에 서울로 유학하여 공부하던 대학생들이 방학을 맞이하여 고향에 돌아왔다. 같은 교회 소속이기도 해서 주말에도 자연스럽게 만나고 친해졌다. 그중에서 친하게 지내던 대학생이 사랑을 고백하였다. 그러나 나는 준비가 안 되어 있었다. 평창에 부임한 초기까지 뜨겁게 사랑하던 사람이 있었다. 대학 졸업반일 때 우연히 기차에서 만났다. 학교까지 따라와서 사귀자고 했다. 회사 일을 끝내면 먼 거리를 무작정 달려올 정도로 그 사람은 공을 들였다. 나이 차가 있고 결혼을 전제로 만났던 사이라서 그런지 몹시 아끼는 모습이 눈에 보였다. 부모에게도 미리 인사 올리고 결혼식을 빨리하자고 했다. 조건은 친정을 무조건 멀리해야 한다는 것이었다. 이해할 수 없었다. 부모님을 어떻게 멀리하고 산단 말인가. 어느 날 찻집에서 만나 결혼할 수 없다고 이별을 고했다. 마음은 아팠지만, 그때 결정한 선택에 후회는 없다. 한쪽에서 열렬하지만 다른 한쪽에서 군불을 열심히 지피지 않으면 사랑의 열기는 쉬이 달아오르지 않는다. 냉정한 거절의 답을 들은 남학생은 눈물을 흘리며 돌아갔다. 그 이후 바로 6개월간 정들었던 평창을 떠났다. 혼자서 자취생활을 한 결과 건강이 나빠져 있었다. 제대로 식사를 안 한 게 원인이었다. 한 번씩 그리워지는 건 평창에서의 교원생활이었다. 처음 학교생활을 시작한 거라 열정이 넘쳤으며 매사에 열심이었다. 교실과 강가에서는 늘 웃음과 기쁨을 동반했다. 사랑의 상처도 아문 채, 잠시 머물던 아름다운 장소였다. 과거나 미래의 삶을 생각하거나 고민할 필요 없는 무욕(無慾)의 공간이었다. 산골사람들은 순수했으며 아낌없이 베풀고 친절하게 대해주었다. 나의 청춘이 오롯하던 그 시절로 잠시 돌아가고 싶다. 내가 떠난다고 했을 때 눈물을 보이던 학생들의 연락처라도 적어놓을 걸. 같이 근무하던 교사의 사는 곳이라도 알아둘 걸. 만나면 하고 싶은 말이 무궁무진한 것을. 나에게 사랑을 고백하던 그 학생에게 아픔을 주지 말고 예쁘게 말하며 헤어질 것을. 그때는 냉정한 말 한마디가 남의 가슴에 깊은 상처로 각인될 줄을 미처 몰랐었다.

결혼을 하고 나서 다시 평창을 찾았다. 10년이 흐른 뒤에 찾은 평창의 산천은 그대로였지만 학교도 변했고 같이 근무하던 선생님들은 그림자조차 없었다. 가슴속에 저장해 둔 그리운 사람들을 만나보지 못한 아쉬움에, 싱싱한 송어회의 쫄깃한 감촉이 입안에서 거칠게 맴돌았다. 지나간 것은 지나간 대로 그리운 것은 그리운 대로 남겨놓고, 혼자서 한 장씩 살며시 꺼내 회상해 보는 맛도 삶의 묘미가 아닐는지. 다시 평창에 가면 그리운 이들 중 한 명이라도 조우할 수 있다면 얼마나 좋을까. 파전과 막걸리를 시켜놓고 마주 앉아서 도란도란 젊은 날을 추억한다면 더없이 좋으련만. 아름다운 젊음의 한 날로 장식된 그 날들 속으로 한 번만이라도 다시 들어가 볼 수 있다면. 그립다. 그곳, 평창에서 꿈꾼 나날이.

비움과 채움의 서사

설렘이다. 여행은. 비움과 채움의 변주곡이라고나 할까. 북유럽의 아름다운 풍광은 늘 선망의 대상이다. '세계테마기행'의 숨 막히는 풍광에 빠져들었다. 활화산과 인간이 공존하는 아이슬란드 편에서, 평화롭고 아늑한 풍경이 펼쳐지는 데 매료되었다. 산꼭대기에서 흘러내리는 따끈한 물줄기가 화면 밖으로 분출할 것처럼 살아 움직였다. 숨겨진 골짜기마다 따뜻한 수증기가 피어오르고, 온천욕을 하는 나그네는 모든 시름을 잊고 자연과 하나가 되었다. 늘 꿈꾸던 피안(彼岸)의 세계였다. 끝없이 펼쳐져 상상을 초월하는 자연에 온몸을 맡기고, 일체가 되어버린 몰아(沒我)를 이루 다 말로 형용할 수 있을까. 행복한 사람은 애초부터 비교가 일어나지 않는 경험의 영역에서 살아간다고 혹자는 말한다. 그러나 자연의 아름다운 사계절을 몸으로 겪으면서도 이방(異方)의 습속

여름이 내게 들어와 꽃이 되었다

을 기웃거리는 건 어떤 연유일까. 미지의 세계에 대한 원초적인 그리움이다. 스스로 행복하다고 말할 때는 새로운 경험에 빠지는 순간이다. 가식과 체면 따위 던져버린 헐벗은 나와 마주하며 현실을 뛰어넘고 싶은 욕구를 일별할 찰나이기도 하다. 여행지의 숨은 비경에 동화되는 순간, 빈 가슴이 채워지며 진정한 자아를 느낄 수 있을 것이다.

가득 채워진 마음을 비워내고 싶다면 미지 세계로의 탐방은 어떨까. 만나는 풍경, 만나는 사람, 만나는 음식마다 예상과는 빗나가기 때문이다. 머릿속의 무수한 관념들이 떠돌다가 현장을 방문하여 맞닥뜨리면, 생각이 빠르게 정리되고 글의 줄기가 형성되는 경험은 나만의 느낌이었을까. 여행을 통해 새롭게 맞이하는 풍광과 인습을 접하다 보면, 객관적으로 자신을 바라보고 냉정한 평가를 내리게 된다. 편협한 사고에서 벗어나 좀 더 넓은 시야를 확보하기 위해서, 답보상태에 있는 현실의 굴레에 안주하기보다 가까운 미래의 비전을 이루기 위해서, 자신과 주변 사람들과의 관계를 재정립하거나 개선하기 위해서 오롯이 혼자 누리는 시간이 필요하다. 거대한 자연 앞에 서면 벌거벗겨진 느낌으로 왜소해지는 자신을 들여다보게 된다. 무언가 가슴 밑바닥까지 짓눌려 있다가 해방되는 느낌은 나만의 감정일까. 모든 일상을 접고 새로운 명소와의 만남은 내가 희구하던 열망이 잠시 머무는 순간의 기쁨일 수도 있겠다. 유랑의 기질을 발틀 밑에 숨기고 사는 현대인은 기회가 되면 일탈을 꿈꾼다. 일탈의 순간 만나는 소소한 기쁨은 나만을 위한 축제이다. 덕지덕지 두른 허울뿐인 가식을 벗어던지고 순박한 자연의 옷으로 갈아입는 순간, 다가오는 평온함은 오롯이 나만을 위해 존재한다. 욕망으로 채워진 가슴을 비워주는 나만의 특별한 공간이 되는 것이다.

아이들이 고등학생일 때 일탈을 꿈꾸었다. 앞만 보고 달리던 삶에서 잠시 멈추고 싶었는지도. 가슴이 휑하여져 무작정 서울을 탈출했다. 992년간 신라의 수도였던 경주에는 음미하고 싶은 고적이 많았다. 홀로 떠나는 여행에 대한 설렘과 약간의 두려움이 혼재되었다. 경주에서 천마총, 첨성대, 감은사지 등을 둘러보며 과거 신라시대의 화려했던 문화에 잠시 열광하였다. 그러나 탑 터만 남아있고 주변에 황금색 벌판이 펼쳐지는 곳에 갔을 때 문득 깨달았다. 비어있는 공간에서의 채워짐이었다. 황량한 탑의 빈자리가 내 가슴에 덜컥 들어앉았다. 보이지 않아도 보이는 문화의 궤적에서 위대한 과거의 발자취를 느꼈다. 없음에서 느껴지는 있음의 흔적은 사유의 본능을 일깨웠다. 탑을 만들 때 생겨났을 주변의 작은 돌 알맹이마저도 소중했다. 볼품없는 돌 알맹이 속에 역사가 숨을 쉬며 면면이 이어져 내려온 얼이 담겨있었다. 역사는 단절된 것이 아니라는 사실에 무게를 두었다. 눈을 감았다. 정성껏 돌을 다듬어 하나하나 쌓아 올린 탑 주변을 탑돌이 하는 궁중의 여인들과 멀찍이 선 아낙의 소박

여름이 내게 들어와 꽃이 되었다

한 눈길과 마주쳤다. 궁중에 갇혀 사는 여인들의 비원은 왕권의 무탈함과 영광을 빌었지만 소박한 아낙의 소원은 세끼 밥 먹을 걱정과 가족의 건강을 빌었다. 무릇 신분에 따라 탑돌이의 간절한 소망은 천양지차였다. 비어있는 탑 주변을 돌면서 비움과 채움의 의미가 확연해졌다. 미욱한 자신을 들여다보았다. 잠시 집에 남겨진 아이들을 잊고 지낸, 얄팍한 이기심도 탑 터에 던져놓았다. 엄마 품으로 달려드는 꺼칠해진 아이들을 안아주며, 넉넉히 채워지는 기쁨에 가슴마저 저릿해졌다.

머릿속이 비워질 때쯤 무작정 바다로 달려갔다. 바다를 보고 나면 실타래가 풀리듯, 막혔던 생각이 터져 나올 것만 같았다. 시화호 근처 서해 바다였다. 삼킬 듯이 휘몰아치는 바람과 거칠게 용솟음치는 파도 앞에 선 채, 할 말을 잃었다. 작은 몸을 지탱하지 못하고 바람에 휩쓸려 가려 했다. 안간힘을 쓰며 제자리에서 버텨보려 애썼다. 변화무쌍한 자연의 위용 앞에 넋이 빠졌다. 모든 상념을 날려버리고 새로운 지각의 샘이 솟아나는 활력을 가져다주었다. 바다를 보고 와서 며칠 동안 머릿속은 명징했다. 싱싱한 바닷바람은 고갈된 머릿속을 보석 같은 생각의 그물로 촘촘히 채워주었다. 《그리스인 조르바》를 집필한 카잔차키스와 오버랩되었다. 터키의 지배 하에서 어린 시절을 겪으며 자유에 대한 갈망이 간절했던 카잔차키스의 유럽과 아시아 여행은 그의 작품의 모태가 되었을 것이다. 삶의 유희를 흠모하던 자유로운 영혼에게 큰 영향력을 행사한 것은 다름 아닌 여행의 기록이었다. 크레타 해변에서 오두막집을 짓고 살면서 느끼는 바다와 하늘과 산과 대지의 오묘한 조화를 카잔차키스가 시처럼, 아름답고 절묘하게 그려낸 것은 여행의 산물이 아니었을까. 훈훈한 남풍을 맞으며 잔잔한 자갈이 깔린 해변에서 아프리카 대륙을 바라보면, 조르바처럼 담청색으로 물든 바닷빛과 유리찻잔에 담긴 명징한 하늘빛에 매료되어 세상 근심은 모두 비워내지 않을까. 석양 너머 은빛 파도가 부서지고 진홍빛을 테처럼 두른 뭉게구름과도 조우하며, 어둠이 깃들면 새까만 밤하늘을 수놓는 보석같이 부신 별들과 눈 맞춤하다 보면 빈 영혼마저 가득 채워질 것이다.

가을이 저물기 전에 여행채비를 해야겠다. 깊은 산중에 유난히 빨갛게 익은 감나무 잎과도 조우하고 가을 새의 우아한 지저귐도 감상할 여유를 누려야겠다. 스님들이 내어주신 정갈한 산채 음식을 맛보고 대웅전의 기둥도 찬찬히 둘러봐야겠다. 비움과 채움의 의미를 일깨워 주는 자연의 소리에 귀 기울여야겠다. 자연과 합일한 순간, 법정스님의 무소유가 떠오르지 않을까. 의미를 채우지 않으면 빈 껍질이라는 삶에서 가져갈 것이 없지 않은가.

십자군 이야기 에필로그

　　　　　　　　　3권의 시리즈로 된 시오노 나나미의 《십자군 이야기》를 독파했다. 서부 유럽에서 결성된 십자군이 중동지방의 그리스도교의 성지인 예루살렘을 정복하였다가, 이슬람 병사들에게 빼앗기고 최후의 보루인 야코마저 함락당하는 역사적인 이야기를 담담히 서술하였다. 동방에 건너와서 근 200년 동안 뿌리를 내리고 선전하던 십자군과 용맹한 기사단들의 면면이 스쳐 지나간다. 전쟁을 통하여 빼앗은 땅을 지켜내기 쉽지만은 않다. 전투에서 승리하면 원래 살고 있던 원주민들을 몰살하고 도시의 기반시설마저 철저히 파괴했다. 다시는 안 살 것처럼. 그래도 신기한 건 적장과의 대화를 통한 협약과 밀약이 이루어지고 무혈입성도 가능했다. 현명하고 용감한 지도자는 출진 명령을 내리기 전에 적장의 정보를 입수하여 주도면밀히 파악한다. 우선 타협을 시도하고 경고도 보내면서 상대방 의중을 간파하는 데 주력한다. 급기야는 사자(使者)를 보내 친서도 전달하고 상대방의 진영을 꼼꼼히 살펴보게 하며 대응할 전략을 미리 세운다. 전장에 나설 때도 지략가인 총사령관은 앞장서서 적진으로 돌진한다. 아군의 사기를 높이는 역할도 매우 중요하기 때문이다. 십자군에 속한 기사단은 지형을 이용하여 성채를 잘 쌓았다고 한다. 12세기의 유럽은 로마 교황에게 종교적인 지배를 받았으나 봉건제후와 왕들이 난립하고, 제후들의 땅이 워낙 넓어서 왕들의 권위는 거의 없을 때였다. 작금처럼 나라가 뚜렷이 구분되어지지 않은 혼란한 시기였다. 제후들과 왕들은 자신들이 지낼 안전한 거처이자, 가족과 부족민을 보호해야 했기에 견고한 성채를 지었을 것이다. 호시탐탐 기회를 엿보고 전쟁을 일으켜서 땅의 지배권을 서로 빼앗는 시대였기 때문에, 기사나 기병을 두어 성채를 높이 구축해야만 했던 시대적인 배경이 암울하다. 아이러니하게 성채 건설은 더위 때문에 굳이 견고한 성채를 필요로 하지 않은 중근동 해안지방과 예루살렘을 겹겹이 에워싸서, 십자군이 정복한 도시를 지키는 수문장 역할을 하였다. 이슬람 병사에 의해 대부분 파괴되었지만, 군데군데 남아있는 현장에 서면 역사의 숨결을 느껴볼 수도 있겠다. 중동지방으로 여행 갈 기회가 있으면 십자군 이야기에서 느낀 전쟁의 처절한 기록이나 감동과 엄혹한 시대적 진실 등과 마주해야겠다.

1095년 로마교황 우르바누스 2세가 십자군 창설을 호소한 후 유럽 각국에서 제후들이 일어나 자신들의 기병과 병사를 대동하고 중근동지방으로 출발하였다. 한편 이탈리아 해안지방에 도시국가를 이루었던 베네치아, 피사 등은 해안을 무대로 유럽과 동방의 무역을 시도하여 막대한 부를 일구고 있었다. 십자군이 중근동지방을 점령하기 위해 출정할 때 병사들과 무기를 실어나르며 힘을 보탰다. 일본이 우리나라 6·25전쟁 덕분에 얻은 막대한 재화와 부가 오버랩되는 것은 왜일까? 십자군은 '신의 이름으로' 성지 수복의 필요성을 절감하고 오랜 숙원을 이루어 보겠다는 미명(美名) 아래, 예루살렘의 정복이라는 기치를 내걸었다. 엄밀히 말해 이슬람 측에서 보면 자기네 땅을 짓밟는 침략자이며 낯선 이방인일 뿐이다. 제1차 십자군이 중근동지방에 도착했을 때, 마침 이슬람교도 측에서는 세력이 둘로 나뉘어 정복 전쟁을 벌이고 있었다. 서로 영토를 확장하는 데 혈안이 되어, 십자군의 입성을 보고도 빠르게 대처하지 못한 실책이 화근이 되었다. 로렌공작 고드프루아를 비롯한 제후와 기사단으로 이루어진 십자군은 1099년 마침내 예루살렘을 정복하고, '성묘의 수호자'를 자처한 고드프루아는 예루살렘의 실질적인 왕이 되었다. 그러나 살라딘이라는 중근동지방을 통일한 술탄이 등장한 이후, 십자군과 이슬람군은 격렬한 전쟁을 치렀고, 성채를 탄탄히 쌓고 거주하던 기사단 덕분에 근근이 버텨오던 십자군은 1187년, 살라딘에게 함락되고 말았다. 88년 만에 그리스도교의 성지였던 예루살렘은 다시 이슬람 측에게 되돌아갔다. 그러나 살라딘은 유럽에서 온 순례자들에게 예루살렘의 순례일정을 그대로 이행하도록 선처해 주었다. 그 당시 고려는 의종이 집권할 때였는데 문신들이 무신들을 대놓고 무시하자, 기회를 엿보고 있던 정중부가 난을 일으켰고 의종을 귀양 보냈다. 이어 문종을 허수아비 왕으로 등극시켰으나, 정중부 역시 도탄에 빠진 백성은 모른체하고 자신의 영달만 꾀하다가 무신 경대승에게 목숨을 빼앗기고 말았다. 젊은 경대승이 갑자기 죽자 노비 출신 이의민이 권력을 잡았던 어두운 시대였다. 일본에서는 미나모토노 요리토모가 각 지방에 슈고와 저토를 설치하고 일본 최초의 무사 정권인 가마쿠라 막부시대를 열었다고 한다. 동서양을 막론하고 힘이 지배하는 세상이었다. 지금도 마찬가지겠지만. 살라딘이 죽고 한참 후에 등장한 노예 병사 출신 바이바르스는 잃을 것도 얻을 것도 없는 처지였다. 고려시대 때 노비 출신 이의민이 권력을 잡았을 때의 모습과 대동소이하다. 군인으로서 병술에 능할지는 몰라도 교양과 지략(智略)이 부족한 관계로 강화(講和)나 타협은 절대 없었다. 능란한 전술로 십자군을 이겼지만, 빼앗은 땅에 있는 그리스 도교 주민은 이교도라는 명목(名目)으로 모조리 죽이고 시설도 철저히 파괴했다. 다시는 십자군이 쳐들어와서 발붙이지 못하게 한다는 구실이었다. 십자군이 예루살렘을 점령할 당시 제후들의 명령에도 불구하고 십자군 병사들은 모스크에 가득 모여있던 어린이와 여자들을 배려하지 않았다. 문을 잠그고 건물에 불을 놓아 안에서 아무

　　　　　　　　　　　　여름이 내게 들어와 꽃이 되었다

도 빠져나오지 못했다. 전쟁이 나면 고금을 막론하고 아이들과 여자는 약자이기 때문에 피해가 가장 크다고 본다. 결국은 힘의 논리로 세상은 돌아간다는 것. 강자는 군림하고 약자는 노예로 팔려가거나 죽음을 맞이하게 되는 슬픈 역사는 다람쥐 쳇바퀴 돌 듯이 계속 이어지고 있다. 예루살렘이 이슬람 측에게 함락될 즈음 미국에서는 아메리카 인디언들이 광활한 대지의 주인으로 행복을 구가하고 있을 시기였다. 콜럼버스가 미 대륙을 발견하고 이어 마구 쳐들어온 유럽 백인들의 식민지 시대 이전까지는 더없이 좋았다.

1854년, 예루살렘함락 667년 후 미국 정부에서는 광활한 대지를 소유하고 있는 인디언 추장 시애틀에게 땅을 팔라고 했다. 시애틀 추장의 답신은 아직도 가슴을 먹먹하게 만든다.

워싱턴에 있는 대추장이 우리 땅을 사고 싶다는 말을 전해왔다.
하지만 어떻게 땅과 하늘을 사고팔 수 있나? 이 생각은 우리에게 생소하다.
신선한 공기와 물방울이 우리 것이 아닌데 어떻게 그것을 사겠다는 건가?

이 땅의 모든 것은 우리에게 신성한 것이다. 반짝이는 소나무잎, 바닷가 모래밭, 짙은 숲속의 안개, 수풀과 지저귀는 곤충들 모두가 우리 민족의 기억과 경험 속에 신성한 것이다.

우리는 우리의 핏줄 속을 흐르는 피처럼 나무속을 흐르는 수액을 잘 안다.

우리는 이 땅의 한 부분이며 땅 또한 우리의 일부다. 향기 나는 꽃은 우리의 자매다.

곰과 사슴과 큰 독수리는 우리의 형제다. 바위, 수풀의 이슬, 조랑말의 체온, 사람 이 모든 것이 한 가족이다.

갓난아이가 엄마의 심장 고동 소리를 사랑하듯 우리는 이 땅을 사랑한다.

그러니 우리가 땅을 팔면 우리가 했듯이 사랑해주라. 우리가 했듯 돌봐주라.

이 땅을 받았을 때처럼 땅에 대한 기억을 간직하라. 모든 아이들을 위해 땅을 보존하고 사랑해주라. 신이 우리를 사랑하듯.

포르투나와 비르투

예전의 운명은 인간이 관여하지 못하는 신의 영역이라고 믿었다. 현대에 와서 포르투나는 스스로 만들어 갈 수 있는 인간의 영역으로 세력이 확장되었다. 운명적인 만남이라는 이야기가 인구에 회자되곤 하는데, 비르투가 관여한다는 것이 정설(定說)이다.

동생인 데레사 수녀는 20여 년 전 불암산 밑에 있는 수녀원에서 요양 가료 중이었고, 루도비꼬 수사님은 근처 수도원에서 수도 생활하고 있었다. 수사와 수녀는 수도자여서 종교적인 영성(靈性)이 일치했기 때문에 자연스럽게 의남매가 되었다. 운명의 여신인 포르투나가 적극 개입한 게 아닐까. 외아들을 일찍 잃은 어머니는 아들인 양 수사님에게 정신적으로 많이 의지했다. 수사님은 어머니를 뵈올 때마다 아들 이상으로 극진히 모셨다. 비르투의 영역은 수사님의 노력과 정성으로 이루어졌다.

이제 팔순에 가까운 수사님은 우리 두 자매와 1년 아니면 몇 년에 한 번쯤 만나 식사도 하고 이야기꽃을 피운다. 아버지와 어머니 계신 대전 현충원에서 3년 만에 조우한 까닭에 너무나 반가웠다. 서로 믿음이 있다 보니 자주 만난 듯 어색함이 없다. 수도생활은 공적이고 규칙적인 생활의 연속이다. 서울과 부산에 떨어져 살고 있으니 자주 보기는 어렵다. 하지만 짬을 내어 1년에 한 번씩은 꼭 만나기로 약속했다. 가는 데는 순서가 없으니, 살아있을 때 가끔씩 만나 안부를 전하기로 했다. 선한 영향력을 지닌 사람과 만나는 시간엔 활력이 충전되고 기쁨이 샘솟는다. 가족이라는 공동체에 흡수되는 순간 믿음이 앞서고 혈육과 진배없다고 느껴지는 게 인지상정이다. 현충원에 계신 부모님을 뵈옵고 기도하면서 우애(友愛)가 더 돈독해졌다. 어머니는 하늘에서 세 남매를 지켜보면서 흐뭇한 미소를 짓고 계실까.

늘 혼자만의 시간이 없고, 절제되고 엄격한 공동체의 생활에 순명(順命)해야 하는 동생과 오라버니는 모처럼 주어진 자유를 만끽했다. 속리산 둘레길을 걸으며 어린아이처럼 좋아했다. 혹여 비르투가 관여했을까. 평일이라 한산한 속리산은 온통 우리 차지였다. 나무 한 그루 풀 한 포기마다 싱그런 가을 향기가 뿜어져 나오고, 또르르 소리 내어 달리는 계곡의 청아한 물소리는 옥구슬이 구르는 것만 같았다. 산줄기를 병풍처럼 두르고 앉은 대웅전의 처마는 날아갈 듯이 가벼웠고, 잘그랑대는 풍경 소리가 바쁜 도시의 삶에서 빠져나와 느린 삶으로의 회귀를 도와주고 있었다. 헛헛한 마음의 빈 공간을 가을 산의 정기(精氣)로 오롯이 채워가면서 겸허함이 사르르 스며들었다. 스님들의 도량(道場)이 왜 산속에 칩거해야 하는지, 왜 스님들이 자연과 물아일체가 될 수 있는지 새삼 깨닫게 해주었다. 산행길에 마주친 도드라지게 핀 산국(山菊) 하나하나가 참으로 정성스럽게 피었다.

삶의 어느 순간도 혼자선 너무 외롭다. 포르투나는 고독하고 힘든 삶의 동반자로 비르투를 선사했을지도. 기회를 잡고 못 잡고는 인간의 선택이다. 참된 운명을 개척하는 것도 용기 있는 자의 몫이다. 살면서 다가온 운명을 놓고 선택의 기회를 놓쳐버리기도 하고, 꽉 잡아 스스로 운명을 개척하기도 한다. 지나온 여정을 보니 몇 번이나 운명을 바꿀 기회가 있었다. 내 선택이 늘 옳은 것만은 아니어서 돌이켜 생각해보면 후회되는 순간이 더 많았다고……. 앞을 내다볼 심미안을 가지지 못한 죄로 늘 선택하고 다시 후회하길 반복하며, 미완성된 인간은 차츰차츰 성장하는 것 아니겠는가.

오늘의 만남 또한 포르투나의 적극적인 개입으로 성사되었는지도. 좋은 사람과의 만남은 기쁨을 동반하나 보다. 마지막 식사를 앞두고, 음식점 선택권을 동생에게 일임했다. 수도 생활하는 동생은 평소에 못 먹어본 맛난 음식을 오랜만에 먹고 싶은 모양이었다. 정형화된 삶에서 파격(破格)은 한 번쯤 여행지에서 시도해 볼 만하다. 음식에 한정될 뿐이지만.

"수녀, 숯불갈비 먹을까? 아니면 랍스터 먹을까?"

"오라버니는 무얼 드시고 싶으세요?"

"동생이 먹고 싶은 것으로 골라."

"언니, 랍스터 꼭 한번 먹고 싶었어."

"그래, 그럼 소원 풀어줄게. 가자."

바닷가재와의 운명적인 만남을 끝으로 우리는 여정을 마쳤다. 수도자로 일반인으로 돌아가는 발걸음이 날아갈 듯 가벼웠다.

여름이 내게 들어와 꽃이 되었다

'두 개의 고독'의 교차점

《두 개의 고독》은 소설가 휴 맥레넌이 캐나다 퀘벡주에 거주하는 영국계 캐나다 주민들과 프랑스계 캐나다 주민들의 반목을 상징적으로 표현해 낸 소설 제목이다. 요즘 두 개의 축으로 대립하고 있는 한국 사회와 묘하게 일치하고 있다. 자기중심적인 가치를 지향하는 사람들의 집단은 다른 가치를 추구하는 집단을 향해 절대 마음을 열지 않는다. 겉으론 평온한 퀘벡 주민들은 바닥에 깔린 자기 정체성의 모순으로, 서로에 대한 적개심을 감추고 살고 있을 뿐. 짐짓 거짓으로 점철된 평화는 언제라도 깨질지 모르는 위험을 안고 있다. 서로 등을 돌리고 살고 있으면서, 고독하지 않다고 말하는 건 고독을 강하게 인정하는 것이다.

우리는 예로부터 단일민족이라는 자부심을 갖고 살아왔다. 중국이나 몽고, 일본의 침략으로 다양한 민족이 섞여 살게 되었음에도 불구하고, 나와 다름을 인정하는 태도에서 야박함을 보인다. 남한과 북한은 그야말로 두 개의 고독이다. 통일이 되어도 이념과 가치관 및 생활풍습의 차이로 한동안 이질감을 느낄 것이다. 남북한이 나라 말로 한글을 쓰기 때문에 그나마 한민족임을 인정할 뿐이다. 두 개의 고독은 한국 사회에서 지역적인 감정의 골로 깊이 뿌리내렸다. 영남과 호남이 대표적이다. 적개심을 갖고 있지는 않겠지만 서로 감정이 좋지 않다. 기질적으로는 물론 음식 맛도 판이하게 다르다. 예전 삼국시대의 백제와 신라인의 후손들이다. 대대손손 이어져 내려온 외적으로 차별화된 갈등이 원인이었을지도. 통일신라에서 고려, 조선으로 이어지면서 적대시하던 감정이 현재는 많이 해소되었음에도 불구하고, 지역 간 불신이 여전히 자리하고 있다. 정치적인 이슈로 양쪽 간에 팽팽히 대립 각도를 유지하고 있으나 언젠가는 진정으로 화해할 날이 올 것이다. 캐나다 퀘벡주에 거주하는 영국계와 프랑스계 주민들의 반목이 크게 유별나지 않은 이유다. 대통령에 따라 양도의 발전상은 판이하게 달라지곤 했으니, 정치적인 선택이 부추긴 두 개의 고독은 아니었을까.

우리 사회는 학연과 지연으로 얽혀져 있다. 직장 내에서도 학연과 지연은 묘하게 내 편과 네 편으로 편 가르기를 한다. 두 개의 고독은 상충(相衝)한다. 토요일 출근길에 똑같이 등산복 입고 출근하는

여름이 내게 들어와 꽃이 되었다

모양새는 학연이 다른 집단과의 갈등을 묘하게 부추겼다. 요즘도 세(勢)를 과시하는 모양새가 예전과 진배없다. 내 편이 아닌 사람의 독창적이고 새로운 아이디어는 무조건 묵살하기 바쁘니까. 구태의연한 인맥의 활용은 정치권에 국한된 문제만이 아니다. 사회 도처에서 자행되고 있는 부끄러운 작태일지도 모른다. 두 개의 고독은 우리 사회에도 깊이 침착되어 횡행(橫行)하고 있는 건 아닌지.

작가들은 예술적 내면을 표현할 때 흑과 백의 구도를 선호한다. 흑은 절망의 암묵적 표현이고 백은 희망의 표피적 표현이라는 의미를 여전히 탈피하지 못하고 있는 건지도. 작가에 따라 다르겠지만. 두 개의 고독은 대척점을 향하여 전진하지만 결과에 상관없이 승복해야 한다. 자존감이 낮을 때 자존심을 앞세운다고 한다. 미국 뉴욕에 세워진 엠파이어스테이트 빌딩은 102층으로 유럽에 비해 열세이던 미국의 국력에 대한 열등감의 발로였다고 한다. 지금은 명소로서 각광받고 있지만서도.

"이 건물은 수정처럼 투명하고 늘씬하며, 파르테논 신전이 그러했듯 영광을 내보이기 위하여 건축되었다."

건축사(史)가이자 비평가인 빈센트 스컬리의 자평이었다고 한다. 미국의 영광 뒤에 숨어있는 유럽에 대한 흠모와 경계는 두 개의 고독에 대한 진실한 평가다. 신생국인 미국은 오랜 역사와 찬란한 문화를 앞세우는 유럽에 비해 내세울 게 없었다. 청교도와 유럽에서 이주한 사람들이 세운 가난한 나라라는 오명을 빨리 탈피하고 싶었다. 1607년부터 영국의 식민지로 산 168년을 잊지 않았다. 근면과 투지를 앞세운 산업화 덕분에 발 빠르게 나라를 부흥시켰으며 자본주의 경제 정책을 강화했다. 그러나 원주민인 아메리칸 인디언을 무참히 살해하거나 강제로 이주시키는 억압 정책을 실시하였다. 두 개의 고독이 첨예하게 부딪쳤다. 결국 최신 무기를 앞세운 개척자들이 무자비한 승리를 쟁취했다. 구소련과 냉전시대를 거치며 먼저 인공위성을 쏘아 올린 소련을 제치고, 사람을 태운 착륙선이 달에 내리는 쾌거를 세계 최초로 이룬 미국. 20세기 들어 초강대국으로 발돋움했다. 유럽의 수호자로 나서는 미국의 위상이 유럽의 쇠퇴와 묘하게 일치하고 있다. 자존감이 넘치는 미국은 더 이상 높은 빌딩을 짓지 않는다고 한다.

중국에서 하루가 다르게 고층 건물이 올라가는 모습은 초창기의 미국과 대비된다. 역시 열등감의 증폭을 억누르는 효과를 가져와 중국인들의 자존감을 높이는 계기가 되고 있는지 지켜보아야 한다. 대만도 역시 1949년 중국에서 분리 독립한 후 101빌딩을 지어 세를 확장시켜 밀리지 않는 모습을 재현했다고 한다. 역시 두 개의 고독은 교차점이 안 보이는 평행선을 달리고 있는 중이다.

'두 개의 고독'은 나라, 사회, 직장, 가정에 만연하여 불신을 조장하고 있다. 틀림보다는 다름을 인정하는 세대 간의 공동체 간의 또

　여름이 내게 들어와 꽃이 되었다

한 위정자 간의, 더불어 사는 노력만이 삶의 만족도를 높이는 계기
가 될 것이다. 두 개의 고독으로 가슴이 응어리진 사람들은, 화해할
타협점이 빠르면 빠를수록 좋겠다. 두 개의 고독이 살벌하게 양립하
고 있는 터키와 살라딘의 쿠르드족 간의 원만한 합의가 이루어졌으
면 좋겠다. 더 늦기 전에…….

아름다운 가야의 칼과 현

'가야본성 칼과 현' 6가야시대의
전성기를 한눈에 알아보도록 전시하였다. 부제가 칼과 현이었는데
온통 칼의 시대만 전시를 도배했고 현은 마지막 한 줄을 긋고 끝났
다. 가야는 강대국인 고구려, 백제와 신라 사이에서 버거운 삶을 영
위하며 견뎌냈을 것이다. 작은 부족 국가가 정체성을 잃지 않고 부
족의 안녕을 위해서, 철을 이용한 무기의 제작으로 전쟁에서 승리하
며 자신의 땅을 지켜낸 흔적이었다. 보잘것없는 작은 땅에서 큰 결
기(決起)로 점철된 삶의 애환이 고스란히 담겨있었다. 강한 지도자
의 출현으로 소국 연맹체를 집대성해 국가로서 위상을 정립하였다
면 고대 우리 역사는 고구려, 백제, 신라, 가야의 4국시대가 문화의
꽃을 피우며 서로를 견제하고 발전하였을 것이다. 외세의 힘을 빌려
이룬 통일신라가 아닌 사국의 합의로 통일제국을 이루었다면 우리

의 역사는 또 다른 길을 걷고 있을지도. 절절한 안타까움이 밀려 나왔다.

낙동강 유역을 중심으로 번성한 가야는 낙랑군과 왜와도 교역하고 철기문화의 꽃을 피웠으며 고대국가의 기틀을 마련하고자 노력하였다. 그러나 부족들끼리 결성하여 하나의 강력한 국가로서 번영을 이루지 못하고, 여러 작은 부족 국가로 나뉘어 명맥을 유지해 나갔다. 그러다가 6세기 초 백제의 무령왕대의 남진정책에 의해 호남 동부지역을 상실하였고, 대가야 이뇌왕은 522년에 신라와 동맹을 맺으며 태평시대를 구가하려 했으나 실패로 끝났다고 한다. 그후 530년경 금관국과 탁순국이 신라에게 멸망하고, 6세기 중엽 남북 이원체제로 분리되며 분열과 쇠퇴를 거듭하다가, 결국 백제 성왕의 외교 공세에 굴복하여 550년경 백제에 부속되는 지위로 전락하였다. 이후 554년 관산성 전투에서 백제와 가야 및 왜의 연합군이 신라에 패배했다. 마침내 신라 진흥왕 때인 562년 신라의 급습으로 고령의 대가야가 멸망하면서 가야시대는 종말을 고했다. 550년 백제의 보호 아래 들어갈 때, 대가야의 장인(匠人)이던 우륵은 앞날의 희망이 보이지 않는 대가야를 떠나기로 결심하고, 가야금과 제자 이문을 데리고 신라에 투항하였다. 신라의 진흥왕은 우륵을 국원에 안치시키고 가야의 음악을 전수하도록 배려를 아끼지 않았다고 한다. 현은 우륵에게서 발현된 음악의 꽃이 아니었을까. 대가야를 떠날 때

비탄에 잠겨 떨어지지 않는 발길로 자꾸 뒤돌아보며, 하염없이 많은 눈물을 쏟아내었을 것이다.

가야시대에 만든 S자형 말재갈, 말가리개에서 시작하여 금동제 마구 장식, 용봉문 고리자루 큰 칼, 단면 팔각형 쇠투겁창, 철모와 가리개 등이 있는 갑옷의 부장물은 철기 문화의 전성기를 보여주는 걸작이었다. 가야 연맹체는 국경 부근에 장벽을 튼튼히 쌓고 기병을 길러냈으며 전쟁도 불사하며 부침을 견뎌냈으리라. 고령 지산동 고분군에서 나온 오키나와산 국자와 왜 계통 청동거울은 가야지역이 왜와 무역을 활발히 한 흔적이었다. 절묘한 금세공 솜씨까지 덧댄 산치자형 금귀걸이와 옥이 매달린 금 왕관은 백제와 신라 양쪽 문화가 절묘하게 배합되어 빚어진 귀중품이었다. 왕과 지배층을 비롯하여 귀족과 평민 및 노비의 체제가 정비되어, 지배층은 무소불위의 권력을 행사하며 소국 연맹체를 힘으로 지배했을 것이다. 평민들은 농사를 짓고 전쟁의 광풍에 휘둘리며 얼마나 힘들게 삶을 영위했는지 불 보듯 뻔했다. 소국 연맹체가 아닌 단일국가 체제로의 기틀이 마련되었다면, 520년간이 아닌 1000년이라도 지속되어 가야 문명의 전성시대를 열고 고대국가로서 당당히 한 획을 그었을 거라는 아쉬움이 더욱 커졌다. 지도자는 유연한 사고와 냉철한 이성으로 정세를 꿰뚫어 봐야 하는 안목과 혜안이 갖춰져 있어야 함을 가야시대의 흥망성쇠를 보며 깨달았다. 지도자는 과거가 아닌 앞으로 닥쳐

올 미래를 내다보고 정책을 입안하며, 나라가 지향해야 할 길을 정하고 실천에 옮기는 참용기도 필요함을.

그러나 가야국 순장의 풍습은 보는 순간 아연실색하였다. 고대 국가체제로의 기틀이 마련되기 전 소국 연맹체의 유형에서 나온다고 한다. 강요가 아닌 본인의 선택이라고는 하지만 왕의 죽음에 무조건적으로 신하 50여 명이 따라 묻히는 자체가 강권이고 기득권의 남발이 아니던가. 산채로 묻히면서 얼마나 공포와 두려움에 치가 떨렸을지, 상상하기조차 거북하고 마음이 아팠다. 시종은 물론 옷을 만든 재단사까지 함께 묻혔으니, 부족 국가 왕이 휘두르는 권력은 짐작한 것보다 훨씬 거대하고 막중했다. 몸을 쪼그리고 서로 얼싸안은 형태로 맞이하는 죽음 앞에선 정신을 잃을 정도의 극한 상황이 아니었을까. 순장 당하는 순간 참담한 슬픔으로 목을 놓아 울다가 숨졌으리라는 생각에 다리까지 덜덜 떨렸다. 고대에서 시작하여 현재 이 순간에도 인간의 기본권을 도외시한 처사가 얼마든지 자행되고 있다는 사실은 우리를 슬프게 한다.

땅에 묻혀 잠자고 있던 역사는 지상으로 올라와 빛을 본 순간, 진실을 왜곡하지 않고 있는 그대로 보여준다. 우리는 과거의 삼국 시대나 고려 및 조선시대의 역사가 얼마나 찬란했는지 현존하는 문화유물에게서 보고 배운다. 온고지신(溫故知新)이라는 의미가 새롭게 와닿았다. 가야 특별 전시를 돌아보며 가야시대도 삼국시대처럼 문화가 발달했었고 삶의 수준도 못지않게 높았다는 것을 전시된 부장품을 보고 알았다. 금세공 기술이나 갑옷 등도 얼마나 정교하고 예술적인 가치가 높은지 지금 착용해도 세련되며 품위 있을 것 같다. 지배층은 화려한 복식을 갖춰 입고 고급스럽게 꾸민 회랑을 거닐면서 온 천하를 품에 안았다고 자부했으리라. 그러나 전시에는 나랏일에 동원되고 평시에는 지주의 땅에 농사를 지으며 꽁보리밥에 허리 한 번 못 펴고, 지지리도 궁상맞은 삶을 연명하던 평민과 노비들은 고되다 말 한마디도 못 한 채, 소매 끝이 늘 눈물에 젖어있지 않았을까. 상심이 고스란히 전해져 오니 가슴이 먹먹해졌다. 철광산에서 철광석을 캐서 철을 제련하는 일이 말처럼 쉬운 일이던가. 고대 가야유물 전시를 둘러보다가 그 당시의 갑옷이나 창과 칼이 유난히 많이 출토되었던 것을 보면서 상념에 젖어들었다. 출전하는 지배층의 화려한 복식과 말을 꾸미기 위해 동원된 백성들은, 조악한 환경에서 일하며 무수히 땀을 흘렸을 것이다. 지배층의 권력을 과시하기 위한 화려한 부장품의 이면에 백성의 피와 땀이 얼마나 많이 녹아있는지는 헤아려 볼 수조차 없음을. 그 당시 전쟁으로 남편을 잃은 아녀자에게 기본적인 양식이라도 제대로 챙겨주었을까. 또, 정교한 세공 솜씨로 장신구를 제작하거나 걸출한 솜씨로 갑옷을 비롯한 전쟁 도구를 만든 장인들에게 합당한 대우를 해주었을까. 지배층의 섣부른 판단에 흥망이 엇갈리고, 부족 국가의 운명조차 좌지우지되

여름이 내게 들어와 꽃이 되었다

었던 가야시대. 나라를 위한다는 명목으로 무조건 전쟁터에 동원되어 파리 목숨보다 못했던 백성들은 절망과 상실감을 속으로 삭이며 살지 않았을까. 나라가 버려도 굳건히 제자리를 지키고 살아내면서, 민초들은 기구한 삶을 연명하였으리라. 위대한 나라 뒤에는 더 위대한 백성이 있기 마련인데, 어리석은 지도자들이 더는 가야를 지켜내지 못했다. 위대한 백성이 버려졌다.

전시를 보고 나서 가슴 한쪽이 차오르다가 비워지기를 반복했다. 현시대에서도 칼과 같은 말은 강력한 무기로 사람의 가슴에 아픈 상처가 되고 끝내 흉터로 남아 두고두고 생각나게 하는 독이다. 현은 마음의 상처를 달래주는 음률 같은 위로다. 칼보다 현이 득세하는 세상은 언제나 도래할지 기다려 볼 일이다. 아름다운 가야가 현으로 재탄생하기를.

III.

개나리는 봄을
배반하지 않았다

12월의 끝자락에 서서

　　　　　　　　　　달력의 남은 한 장이 괜스레 울적해 보인다. 그래도 한 해를 순탄하게 잘 마무리했다고 안도하면서 입가에 미소 한 자락을 얹는다. 그동안 응어리졌던 아픔도 소담한 눈송이가 찬연한 햇살에 녹아내리듯이 사르르 녹아내렸다. 살아오면서 파안대소하던 순간들이 손가락으로 세어볼 만큼밖에 안 되던가. 화를 내고 슬펐던 순간들이 훨씬 더 많았음을 깨닫지 못하고 지나친 미욱함을 어찌하랴. 이만큼 달려온 세월에 뿌듯해하며 행복 한 모금 마실 자격이 있다고 외쳐도 하늘에 누가 안 될까. 슬픔에 빠져 뚝뚝 떨군 눈물들이 인어공주였다면, 진주로 변해 값진 보배가 되었을 텐데. 무수한 곤경을 이겨내고 흘린 기쁨의 눈물일랑, 폐부 깊숙이 박혀있는 세월없던 상흔마저 알알이 빠져나오게 하여 보석처럼 반짝이지 않았을까.

바싹 말라 핏기 거둔 얼굴로 돌돌 굴러가는 낙엽 속에 어디론가 잰걸음으로 바삐 가는 군상(群像)의 굴곡진 인생들도 함께 굴러간다. 비쩍 마른 낙엽이 구르다가 잠시 발길을 멈추면, 파리한 얼굴 속에 구겨진 삶의 단면이 들여다보여 어지러웠다. 억울하고 슬프며 기가 찬 순간이 어디 한 번뿐이었으랴. 세상살이가 녹녹하지 않아 이만큼 버텨온 것도 작은 기적이지 않을까. 환희에 찬 순간, 눈물 흘리게 되는 건 누구라도 그렇게 긴 슬픔의 나날을 이를 악물고 감내하며 슬픔들을 희석시키고 또 정제(精製)하려 애쓴 결과이기 때문이다. 슬픔이 파도처럼 밀려오면 거친 파도가 잠잠해지길 바라는 소극적이며 편협했던 과거의 얼룩진 행보가 비루하기만 하다. 좀 더 의연할 수는 없었던 걸까. 겨울 삭풍을 온몸으로 견뎌내다 못해 돌돌 말리고 얼어붙은 나뭇잎들은 고개를 숙인 채, 좀 더 이른 시점에 세상과 별리를 선택하지 못한 자신을 질책하고 있을지도 모른다. 뼛속 깊이 스미는 한기에 가슴을 치며 자신을 힐난해도, 검불이 된 초라한 행색 또한 지워지지 않는 아픈 상처로 인해 오래 기억에 남는 건 아닐는지.

망각은 약이 되고 때론 독이 되어 삶에 영향을 끼친다. 망각이 없었다면 사고로 죽은 동생의 주검을 찾아내곤, 한 달 동안 시달리던 동생의 환영(幻影)에서 아직도 헤어나지 못했을 것이다. 망각은 좋은 기억도 모두 흩트려 버렸는지, 추억하고픈 유년시절의 자취도 흐릿

여름이 내게 들어와 꽃이 되었다

하게 재생되어 지나갈 뿐 도무지 손에 잡히지 않는다. 망각은 양날의 검이다. 기쁜 추억과 슬픈 회상을 동시에 끄집어내지만, 다시 고이는 기억의 옹달샘에는 기쁜 추억들만 떠오르도록 애쓸 일이다.

사위(四圍)가 잠기면서 서산마루에 걸터앉았던 해는 마지막 몸부림인 양 요요(嶢嶢)하게 빛나건만, 이내 산자락에 목덜미가 잡혀 서서히 뒤로 물러나고 있다. 그러나 차마 자리를 떠나질 못해 진한 밀감 빛의 여운을 산잔등마다 고루 뿌리며 밍기적거린다. 광활한 우주에서 빛을 뿌려주는 해가 없었다면 인류가 생존했을까. 앞으로는 대체할 자원이 나오겠지만. 한여름에 펄펄 열기를 내뿜어 대지를 용광로처럼 끓게 하더니, 한겨울에는 잠시 쉬어가는지 비껴가는 햇살마저 부드럽다. 한 해를 따스한 온기로 마무리하는 석양은, 내년에도 붉은 젊음을 토해낼 것이다. 자연의 윤회는 순리대로 흘러가는데, 덤벙거리며 앞서가려다 또 뒤뚱거리며 뒤로 물러서려다 잦은 실패에 허우적거렸다. 치도곤을 당하고 나서야 원래대로 만회하기 위해 곱절로 힘들지 않았던가. 어리석은 자아(自我)는.

오늘은 내일을 위해 존재한다. 어제가 오늘을 위해 존재했던 것처럼. 내일의 나는 오늘의 나보다 조금 더 성숙해지기를 소원한다. 철은 죽는 순간에 든다고 하니 아직 철 들기는 기대하긴 어렵고, 섭섭했던 생각이나 교만한 마음일랑 은은히 번져가는 진한 감빛 노을에다 온통 털어버릴까나. 그 비어버린 공간에 사유의 그릇 하나 달랑 들이면 좋으련만.

그리움은 그리움대로 가슴 한편에 쟁여두고 조용히 꺼내보는 것 또한 손 시린 겨울날의 소소한 기쁨이다. 첫사랑은 설렘의 단초여서 좋았고, 마지막 사랑은 낭만적인 감성의 표출이라 더 좋았다. 시린 창공에 달이 휘영청 떠오를 때, 새끼손가락 걸고 나누던 풋풋한 속삭임은 청춘의 특권이 아니었을까. 사랑에 대하여 또 낭만에 대하여……

연말에 여행 갈 기회가 온다면 몽골 고비사막에 가보고 싶다. 몽골 유목민이 사는 전통가옥인 게르에서 지내며 말젖으로 만든 전통주인 아이락과 낙타 육포를 먹어보고 싶다. 밤에는 텐트를 치고 누워 수없이 반짝이는 별들의 축제에 합류하고 싶다. 하나둘 떨어지는 별똥별을 마주하며 유년의 추억에 잠기는 기쁨을 내년에는 이룰 수 있으려나. 아름다운 별과의 해후를 기대하며 오늘도 매서운 바람에 목을 웅크린 하늘 속에 숨은 별 하나를 찾느라 분주하다.

윤동주 시인의 〈별 헤는 밤〉에 조용히 파묻힌다.

계절이 지나가는 하늘에는
가을로 가득 차 있습니다.

여름이 내게 들어와 꽃이 되었다

나는 아무 걱정도 없이
가을 속의 별들을 다 헬 듯합니다.

가슴 속에 하나 둘 새겨지는 별을
이제 다 못 헤는 것은
쉬이 아침이 오는 까닭이요
내일 밤이 남은 까닭이요
아직 나의 청춘이 다 하지 않은 까닭입니다.

별 하나에 추억과
별 하나에 사랑과
별 하나에 쓸쓸함과
별 하나에 동경과
별 하나에 시와
별 하나에 어머니, 어머니,

그 광경이 아름답게 떠오른다. 겨울밤 하늘이 더없이 쓸쓸하게
창가에 내린다.

짙은 어둠 속에

　　　　　　　　　알 수 없는 깊이에서 알 수 없는 높이에서 삶은 시작되었다. 어떤 수식어도 필요 없는 좁고 긴 어둠의 터널을 지나 항해하고 있는 중이다. 삶의 시작을 알 수 없듯이 삶이 어디쯤 왔는지도 도무지 가늠할 수 없다. 판도라 상자 속에 남아있는 단출한 꿈, 희망을 찾아서 열심히 달려가는 수밖에. 늘 어둠에 잠겨있다 보니, 잠시 한 줄기 빛이 비치면 어둠에 익숙해져 버린 눈은 바로 멀 것이다. 익숙한 것은 무섭다. 작은 일탈을 수용하지 못하면 바로 탈이 나기 때문이다. 심연에 잠긴 나의 서글픈 운명은, 무한대의 어둠을 뚫고 계속 전진해 나가야 한다. 긴 어둠 끝에 시작되는 빛의 향연은 죽음의 시작을 알리는 팡파르다. 어둠 속에서 강건해지지 않으면 목숨 줄을 달고 어디론가 질주하다가, 사방이 벽으로 둘러싸인 막다른 골목에 이르러, 비루한 육체는 파편이 되어 사방

벽으로 튀어 오를 것이다. 어둠의 고요는 일상적인 삶이기에 평온함을 느끼는 것조차 늘 과분하고 미안했다. 자신에게 치명적인 독이 되는지도 모르고 불혹이 넘고 지천명이 되어서야 조금씩 깨달았다. 꿉꿉하고 이끼가 서리는 어둠을 좋아하는 습성을 누구도 이해해 주지 못하나 즐기며 사는 지혜를. 어둠이 깊을수록 삶 또한 더없이 깊어진다는 진리를.

나는 황금박쥐다. 멸종 위기종 1급이다. 거꾸로 동굴 천장에 매달린 채 깜깜한 밤이 되면 먹이 사냥을 하고 낮에는 잠을 자므로, 천적도 없고 다른 동물과 부딪칠 염려도 없다. 겨울잠을 자는 잠꾸러기이므로 추위도 삶을 좌지우지하지 않는다. 정글의 특징상 주위가 고요해지면 위험을 감지하는 촉수가 발달하여 대처가 매우 빠르다. 주변에는 항상 동료들이 함께하기에 먹이 사냥에 실패했더라도 절대로 굶지 않는다. 함께 나누어 먹고 공동체 생활을 철저히 영위하며 살아간다. 혼자 조용히 사색하기 좋아하여, 나만 아는 작은 동굴로 날아가서 잠시 휴식의 시간을 갖기도 한다. 예전에는 사람들 가까이에서 지내며 편한 삶을 영위했는데, 인위적인 환경에 노출되면서 자꾸 동족을 잃어갔다. 지금은 거의 숨어 지낸다. 아파트 주변에는 먹을 것도 없고 신변의 위험이 도사리기 때문에 가까이 가지를 못한다. 밤을 즐기는 우리 박쥐의 습성 때문에, 사람들은 우리를 색안경을 끼고 보기도 한다. 우리는 똘똘 뭉쳐서 함께 행동하며 약

육강식이 횡행하는 정글의 세계에서 개체수가 적으나마 여태껏 살아남을 수 있었다.

낮이 사위고 밤이 뚜벅거리며 걸음을 옮겨 다가올 즈음 이상하게 힘이 솟아난다. 배도 고프지만 뇌가 명료하게 깨어나는 시각이기도 하다. 배고플 때는 집중이 잘되고 글도 일필휘지로 나아간다. 어둠이 시작되면 먹잇감을 찾아 동굴을 급히 빠져나가는 황금박쥐의 몸놀림처럼, 펜은 폭풍우 치듯이 달려나간다. 머릿속의 생각을 한가득 펼치고 나서야, 주섬주섬 저녁거리를 챙기러 일어선다. 세끼 밥의 의미는 없다. 배고픈 신호가 오면 끼니를 잇는 시간이다. 어느 때부턴가 글이 먼저다. 아침에는 독서로 허기진 뇌를 채워주고 골똘하게 사유하고 생각이 정리되면, 그때부터 쓸 거리를 찾느라 분주하다. 세상 돌아가는 일이 궁금하므로 뉴스도 꼭 챙겨 본다. 삶의 지평 또한 늘 희망적이다. 글에 취하다 보면 다른 것은 하나도 안 보인다. 한 가지 일에 집중하다 보면, 그 밖의 일은 들여다볼 여력이 없다고 하는 표현이 맞을 것이다. 두 가지를 동시에 잘할 수 없다고 인정하면서, 글 쓰는 일은 백번 양보할 수 없다고 어깃장을 놓는다. 한평생 어떻게 참고 지내왔는지 늦게 배운 도둑이 날 새는 줄 모른다더니만, 책상 앞에서 떠날 줄을 모른다. 작품을 완성하려고 하면 그 고통은 실로 깊다. 밤이 깊어갈수록 새벽은 가까워 온다 해도, 연일 밤을 새우고 나면 고되고 힘들다. 하지만 그만큼 힘들게 한 글자 한 글자

여름이 내게 들어와 꽃이 되었다

써 내려갔다는 방증이기 때문에 마음은 뿌듯해진다. 문학의 길은 험난하고 고된 인생의 가시밭길과 다름없음을.

어둠에 갇히게 되면 일단 촉각이 곤두서게 된다. 검은색은 모든 빛과 색을 흡수해 버린다. 보이지 않으니까 눈 외의 다른 감각 기관들이 예민하고 재빠르게 대응한다. 주위가 어두워지면 일단 앞이 잘 안 보이니, 선뜻 길을 나서기가 망설여진다. 길을 걸을 때도 손이나 발의 감각과 귀와 코의 촉각 등을 모두 불러 모은다. 검은 장막 속에 가려진 물체가 불쑥 일어설까 봐 섬뜩하다. 검은 산과 검은 나무들이 손짓하는 곳은 쳐다보기조차 겁이 난다. 정적이 감돌고 주변이 온통 무(無)로 변한 공허는 열없이 긴장감을 불러와서, 자신도 모르게 기세가 꺾이며 움츠러든다. 더듬더듬 내디디며 머리끝마저 쭈뼛거린다. 게슴츠레 졸고 있는 가로등에 의지하고 한 발짝씩 전진하며, 칠흑 같은 밤바다에서 삶을 비추는 등대의 불빛 같은, 한 줄기 빛의 고마움을 그제야 느낀다. 청천대낮에 맹인이 지팡이를 짚고 걸어가면 길모퉁이를 돌아가는 끝까지 지켜봐 주곤 했는데, 칠흑같이 어둔 밤에 누군가와 마주치기라도 하면 무섭고 가슴이 두 근 반 세 근 반 하는 건, 어둠을 보는 시선의 오류인 걸까. 짙은 어둠 속에 난 길은 도무지 찾을 수가 없다. 황금박쥐가 아니라서 어려운 걸까. 그러다 문득 보석처럼 빛나는 달빛조각이 풍경처럼 펼쳐지는 한밤이면, 축복이란 살아있는 지금 이 순간이라고. 밤의 짙은 어둠 속에서 별은 더욱 빛난다는 평범한 진리를 되새겨 보는 혼자만의 시간. 즐기는 사색은 자유롭고 방만하다.

예전에는 어둠이 교정에 짙게 내려앉아도 연구학교 보고서와 씨름하느라 열불을 안 가렸다. 그땐 열정과 창의력이 돋보였건만 세월 따라 사고가 정형화되어 일말의 창조성마저 쇠락해져 가는 느낌이 든다. 요즘 젊은 작가들의 글이 참신하고 주제도 별격을 보인다. 글은 내 마음의 생각을 담아내는 그릇이다. 어쩌면 내 안에 담겨있던 열정이나 고뇌까지도 글 속에 승화시켜 나를 드러내는 거울이다. 감출 수 없이 내 민낯을 그대로 투영하는 옹달샘이기에, 자꾸 들여다보며 나를 반추해 보고 되새김하는 시간이다. 삶의 허기가 글의 허기가 되지 않도록 자신을 다잡으며 오늘도 글과 한판 승부는 시작된다. 지평선 너머 짙은 어둠을 뚫고 동굴 주변을 유유(幽幽)히 누비는 황금박쥐처럼, 짙은 어둠 속에서 빛나는 옥석을 가리기 위해 글의 동굴 속으로 뛰어들어간다. 다시는 나오지 않을 것처럼.

2019년의 소회

　　　　　　　　어둠의 빛이 몰려든다. 환한 어
둠은 사위의 그림자 하나 남기지 않고 모두 삼켜버린다. 나는 어둠
과 한 몸이 되어 형체도 없이 스며든다. 지는 해를 부여잡고 가는
해를 멈추려 해도 저만치 앞서가며 산등성이 뒤로 빠르게 제 모습
을 감춘다. 떠나는 밤이 아쉬워 휘영청 푸른 밤에 감기는 눈을 자꾸
들어 올리며, 세월 한 줄 흠집 내기가 망설여진다. 그럼에도 불구하
고 여명이 한 줄기 환희를 담아내며 지난밤의 어둠을 자꾸 몰아낸
다. 철 지난 뉘우침은 어느새 눈가에 주름 하나만을 보태고 성큼 뒤
로 물러선다. 항상 새로움을 기대하며 시작한 한 해였건만 빈 가슴
에 가득 회한만 남기고 서둘러 장막을 치고 떠났다. 거창한 계획보
다는 차라리 무계획이 낫지 않을까 싶다. 한 글자씩 쌓이는 농익은
영감(靈感)으로 다가오는 연말에는 뿌듯한 기쁨 하나라도 건질 수 있

으면 좋으련만.

 2020년 새 달력으로 교체하니 난감한 표정의 벽은 헌 달력과의 별리를 담담하게 받아들인다. 체념이라기보다 세월 가는 이치를 제 힘으로 막지 못하는 아쉬움만 아스라이 배어난다. 맨 앞에 1이라는 숫자는 시작을 의미한다. 매도 제일 먼저 맞는 게 낫다고 하지 않던 가. 누구나 1인자 되기를 꿈꾼다. 평범한 삶을 살면서도 일류의 아 류라도 되고 싶어 안달하는 것이 인간의 본성은 아닐는지. 누군들 최고가 되고 싶지 않을까. 희구하는 선의 가치를 밀어내고서라도 성 공할 수 있다면 자신을 버려도 좋다고 생각한다. 일부이겠지만. 그 렇게 어렵게 차지한 최고의 자리는 순간의 환희만을 안겨줄 뿐, 그 이상도 이하도 아니다. 더 이상 올라설 자리는 없다는 것은 바로 허 무로 이어진다. 지탱하고 서있기 힘들면 곧바로 내려가는 수밖에 길 이 안 보인다. 그래서 최고의 인기를 구가하는 사람들 중 유리 멘털 을 소유하면 자꾸 흔들리고 악마의 유혹에 쉽게 빠지나 보다. 성공 은 내가 특별해서가 아닌 행운도 조금 따라주어야 한다. 노력만 한 다고 모든 일이 성사되는 것은 아니다. 피나는 노력에 더해 주변의 모든 여건이 받쳐주고 행운의 여신이 내게 미소를 짓는 순간, 원하 는 정상에 오르는 것이니까. 에디슨이 말한 1%의 영감과 99%의 노 력으로 완성된다는 함의가 새삼 떠오르며, 성공한 천재는 그냥 탄생 되는 것이 아니란 걸 늦게야 깨닫는다.

　　　　　　　　여름이 내게 들어와 꽃이 되었다

딸에게 새해 인사와 덕담을 건넸다. 엄마 딸로 태어나서 고맙다고 말하면서 가슴이 뭉클해졌다. 자식의 환한 웃음이 수화기 너머로 밝고 명징(明澄)했다. 더불어 행복한 한 해였다. 그러나 세월 갈수록 자식들 어릴 때 못 챙겨준 기억이 가슴을 아프게 짓누른다. 하고 싶은 공부, 가고 싶은 여행 등을 마음껏 뒷받침도 못 해주고, 일이 바쁘다며 같이 있어주지 못한 미안함을 어찌 말로 다 표현할 수 있을까. 철저히 자식 위주로 스케줄을 관리해 주고 희생하며 사는 내 아이의 모습을 보면 더 미안하고 애틋해진다. 어미보다 훨씬 제 자식들을 엄하면서도 똑 부러지게 키우는 모습을 보면서 안심이 되고 절로 뿌듯해진다. 부족한 엄마를 보고 자란 탓에 제 자식에게 최선을 다하며 정성을 아끼지 않는가 보다. 사랑의 본질이란 심오한 문제의 해답을, 자식을 보면서 어렵게 체득하고 겸허하게 깨닫는다.

삶의 한순간은 기쁨이 응축된 시점이기도 하다. 예전에 겪었던 고뇌와 아픔까지도 추억 속에 잠겨들면 아름답게 회상되니까. 지나간 건 한 편의 개인 역사다. 머릿속에 다채로운 관념으로 꽉 차있으면 현실 또한 무의미하게 지나가지는 않으리라. 화려한 삶이 아니어도 좋다. 캐나다에서 공학자로 살다가 귀촌한 부부의 건축물이 영상으로 소개되었는데, 집을 손수 한 땀 한 땀 정성 들여 지었다고 한다. 내부 자재도 학교에서 폐 처리된 목재를 갖다 쓰고, 3년 정도 살림채와 부속 건물을 단순한 공법으로 지었는데, 아담하고 실속 있으며 저렴한 비용으로 마무리하였다. 가난을 택했지만 정신적인 풍요로움은 덤으로 얻지 않았을까. 폐차된 버스를 가져와 사랑채를 만들고 손님이 편안하게 머물 공간으로 꾸며놓았다. 뒷산을 앞마당처럼 들락거렸다. 자연과 물아일체(物我一體)된 삶이다. 삶이 직업에 얽매이는 것보다 직업이 삶 속으로 들어오는 생활을 누리고 싶어서, 시골에 정착했다고 하면서 해맑은 웃음을 지었다. 소박한 삶을 실천에 옮기는, 솔직하고 가상(嘉尙)한 용기가 부러웠다. 부부의 얼굴에는 난만한 기쁨이 흘러내렸다. 감을 따서 겨울 간식거리로 장만하고, 마당에서 고기를 구워 먹으며, 소소한 일상을 이웃과 나누었다. 또, 자신만의 공방에서 카누도 만들면서, 나름의 행복한 삶이 오롯이 전해져 왔다. 빈한해도 알콩달콩 지내는 삶이란 마음먹기에 달려있는가 보다.

한 번쯤 삶의 여유를 느껴보고 싶다면, 핀란드의 라플란트를 방문해 보면 어떨까. 자연의 외경이 절로 느껴지는 아름다운 주위 풍광을 눈에 가득 담을 수 있고, 라플란트 곳곳에 펼쳐져 있는 호수가 3,000개나 된다고 하니 가히 절경일 수밖에 없겠다. 빙하가 흘러내려 만들어진 자연 호수는 에메랄드빛으로 청정하고 고요하며 엽서 속의 그림과 똑같다고 한다. 3,000명의 주민들이 모두 하나씩 자기의 호수를 소유하고 있는, 생각만 해도 천국이 따로 없었다. 핀란드는 1년 중 3개월만 여름인데, 그때는 저녁에도 해가 지지 않는다고 한다. 심어놓은 감자와 채소들이 밤낮으로 쑥쑥 커가므로, 자연에서 먹을거리를 충분히 거두고 즐기며 살아간다. 개인 호수에서 팔뚝만 한 연어를 잡고 집에서 기르는 순록의 고기와 채소를 곁들여 가족들과 식사한다면, 평온하고 화목하며 축복받은 삶이 아닐는지. 순수하게 웃는 그들의 얼굴에서 욕심 따윈 찾아보기 힘들었다. 자신의 호수 옆에 오두막 별장을 짓고 여름 3개월간 지낸다고 한다. 근처 산림에서 집 지을 나무도 얻고 허가제로 베어낸 자리엔 꼭 묘목을 심는 조건이라고 한다. 20년 차이가 나도 친구로 지내고, 오두막집을 짓는 데 서로 도움을 주고받으며 단순한 삶을 지향하는 그들의 표정에는 기쁨이 넘쳐흘렀다. 바빠서 종종거리는 모습은 보이지 않고, 무심히 자연과 더불어 사는 지혜만이 돋보일 뿐이다. 느긋하게 기다리며 지내는 소소한 일상에 감사하고, 자연을 벗 삼아 사는 모습이 멀리 북유럽의 삶뿐이 아니지 않은가.

행복은 마음에서 온다고 한다. 가족들과 친지 및 문우들과 새해 덕담을 주고받으며 한 해가 지나간다. 한 해의 경계에 서서 지나간 날의 회오와 다가올 날의 환희로 마음이 착잡하기도 또, 설레기도 한다. 세상일이 내 마음처럼 흘러가면 좋겠지만, 세상사 마음먹은 대로 되는 사람이 많지 않다. 무진한 노력과 자신에 대한 애증이 교차할 때쯤 성공에 가까워지지 않을까. 목적지를 정하여 길을 나선다. 가는 길이 순탄하지 않지만, 묵묵히 가다 보면 도달할 것이다. 뜻 있는 곳에 길이 있다는 평범한 진리가 뇌리에 꽂힌다. 따뜻한 서정이며 삶의 매력이다. 숨 쉬고 일하며 사는 고즈넉한 공간에서, 존재의 가치를 소중히 여기지 않는 사람에게 아름다운 미래는 없다. 희망의 기미를 미리 차단하는 사람에게 행복은 다가오지 않는다. 인간에게는 직진 본능이 있다. 아가들이 걸음마 배울 때 무조건 앞으로만 걸어간다. 눈앞에서 잃어버리고 20분의 골든 타임을 놓치면 영영 찾지 못하는 경우가 허다하다고 한다. 삶은 그런 것이다. 기회의 순간을 잡지 못하면 내게서 영영 멀어진다. 공부도 사랑도 글 쓰는 것도 무한한 애정과 열정을 필요로 한다. 세상은 내 시선이 따라갈 수 없을 정도로 빠르게 변화한다. 오늘도 신문의 정치나 경제면을 보며 탄식한다. 언제 제대로 돌아갈지, 그들의 선택이 내 선택일 텐데 답답하기만 하다. 시간은 2020년을 향해 빠르게 질주한다. 기다려 주지도 않고 빨리 오라고 손짓한다.

세상 살아가는 이치를 좀 더 빨리 깨우쳤다면 늦도록 후회하지는 않을 텐데 하는 아쉬움을 뒤로한 채, 새로운 시간 속으로 빨려 들어간다. 누구도 거역하지 못하는 시간의 흐름 속에 한 해가 지고, 다가오는 새해는 기지개를 켠다. 나는 늘 똑같은데 나이는 또, 세월은 저만치 앞서서 가고 있다. 종종걸음으로 뒤쫓아 가기 버겁지 않아야 할 텐데……. 조급한 생각은 버리고 천천히 마음을 비우고 시작하자. 마음을 바닥에 내려놓으며, 서서히 채워질 기쁨의 날들을 고대하자. "내일은 내일의 태양이 뜬다."고 영화 속 스칼렛 오하라가 독백한 대로, 오늘 하루는 한 해를 마감하는 뜻깊은 하루가 되자.

여름이 내게 들어와 꽃이 되었다

바람과 함께 사라져 간 모든 기억과 추억들 중 아름다운 것만 생각하자. 눈이 내려 은빛 세계로 물들이면, 단지 그 일원이 되는 기쁨에 만족하자. 욕심은 내가 가진 그릇에 담길 대상이 아니다. 오늘은 그동안 지고 가던 고된 짐을 내려놓고 잠시 사유의 시간을 갖도록 하자. 내일 새로운 태양이 떠오를 때 새로운 내가 태어나도록 하자. 낡은 생각의 틀을 벗어내고 좀 더 너그럽고 넓은 마음을 지니도록 하자. 내일 아침 붉고 찬란한 해는 여느 때와 같은 모습으로 의연하게 떠오를 것이다. 어제의 내가 아닌 오늘의 나는 어떤 모습으로 새로 태어날 것인가. 마음이 가는 대로 생각이 끌리는 대로 발길이 닿는 대로 긴 여행을 떠나자. 인생의 남은 여정을 두려움 없이 떠날 준비가 되었는가.

이제 떠나자. 미지의 세계로!

봄이 오는 소리

　　　　　　　　　　　육지의 봄보다 바다의 봄이 서
둘러 온다고 한다. 남쪽 바닷속에서 건져 올린 싱싱한 톳, 미역, 전
복, 홍합 등을 건져 올리는, 바닷바람에 그을려 주름진 해녀들의 환
한 얼굴에 봄은 이미 와있었다. 홍합으로 국물을 내고 갓 잡은 신선
한 미역을 넣어 푹푹 끓인 다음 찹쌀로 새알심을 만들어 동동 띄워
먹는 그네들의 웃음이 왁자했다. 이른 봄에 꽃을 피우는 수선화의
속살마냥 살굿빛 기운이 감돌았다. 풋풋한 바다의 양식으로 채운 아
낙의 식탁에서 몽실몽실 봄 내음이 가득 밀려왔다. 뒤숭숭한 뉴스로
도배된 회색 도시에도 봄은 살랑거리며 다가왔다. 철없는 개구리가
봄맞이하느라 미리 알을 낳아 얼어버렸지만, 계절은 봄을 향하여 달
음질쳐 가고 있다. 한낮에 내리쬐는 부드러운 햇살 한 가닥이 나른
하여 졸음이 밀려왔다. 땅속에서도 식물의 뿌리들은 연신 에너지를

　　　　　　　　　　　여름이 내게 들어와 꽃이 되었다

응축하며, 지상으로 용솟음쳐 오를 준비로 바쁘리라.

　봄의 문턱에 다가서는 걸 시샘하는 꽃샘추위가 오는가 보다. 오늘 밤비는 내일 아침 눈으로 변해 세상은 온통 하얀 눈으로 덮일 것이다. 겨우내 쌓였던 모든 욕심 또한 슬슬 몸 푸는 병균들도 하얀 눈 속에 파묻혔으면 좋겠다. 이삼일 춥다가 주춤거리는 겨울을 한층 밀어내며 봄은 특유의 화사함을 몰고 올 것이다. 긴 겨울잠에서 깨어난 잠꾸러기 동물들도 배시시 눈을 뜨고 봄이 움트는 대지에 둥지를 틀 준비로 바쁘겠다. 베란다 틈을 비집고 들어온, 작은 유충을 벗어난 어린 모기가 창문에 살그머니 앉아 있었다. 깜짝 놀라 잡으면서 곤충들이 제 모양을 갖추고 힘을 비축하는 시기란 걸 알았다. 봄은 곤충의 몸을 살찌우며 우르르 몰고 다니느라 바쁘겠다. 나비와 벌은 일제히 숨을 고르고 봄꽃의 향연에 첫 손님으로 초대되리라. 아이들이 어렸을 때 봄의 향기가 풀풀 올라오는 한적한 시골 텃밭에 쪼르르 모여 앉아, 곤충과 꽃과 열매들을 직접 만져보고 하고 많은 이야기를 나누었다. 아이들은 엄마의 지어낸 이야기에 까르르 웃었다. 순수와 동심이 깃든 눈동자에 가득 자연을 담아내고 흙으로 놀이를 하며, 어린이는 호기심 많은 자연의 친구였다. 나무와 풀들 사이를 폴랑거리며 뛰어다니는 모습이 귀여운 병아리와 다를 바 없었다. 나뭇가지에 앉아있던 작은 박새들이 어린아이와 친구 하고 싶었나 보다. 봄의 숲에서는 아이가 박새를 따라 뛰고 박새는 아이를 따라 날았다.

봄이 오는 소리는 아기들의 걸음마에서 시작하여 뜀박질을 하는 여름이 올 때까지 구성지게 흐른다. 봄이 오는 소리는 연녹색으로 치장하여 진초록으로 물들 때까지 싱그러운 향으로 천지가 흠뻑 취한다. 생명의 움틈과 동시에 퍼져 나가는 봄의 노래는 아름답고 우아한 바이올린의 선율이다. 가냘픈 것 같으면서 생명력이 강하다. 하늘거리는 블라우스의 옷소매 사이로 훈훈한 바람이 살짝 들어오면 봄은 활활 타오르기 시작한다. 땅속에서 진동하는 생명의 속삭임이 우레와 같은 거대한 함성이 되어 줄기를 타고 올라오고, 봄의 교향악에 맞추어 주욱 하늘을 향해 두 손을 벌리며 무수한 잎사귀를 매달 것이다.

봄이 다가올수록 아침 햇살은 비단결같이 곱고 만만하다. 무료함에 뒤룽대고 있는데 대뜸 전화벨이 울렸다. 봄이 오는 소리로 깔맞춤인 맏손자의 목소리는 왠지 다급했다.

"할머니, 엄마가 재활용 수거일이라 아까 밖에 나갔는데, 전화를 안 받고 아직도 들어오지 않고 있어요." 가슴이 철렁했다. 녀석의 음성이 이내 착 가라앉더니, 낮게 떨리고 있었다. 순간 주말이지만 사위도 집에 없는 상황이란 걸 직감했다. 딸에게 바로 전화했지만 받지 않았다. 수만 가지 생각이 머릿속을 헤집고 지나갔다. 갑자

여름이 내게 들어와 꽃이 되었다

기 배가 아파서 아파트 계단에 앉아있나 아니면 아는 엄마를 만나서 잠시 이야기를 나누고 있는 걸까. 새로 이사 간 지 얼마 안 되어 아는 엄마가 주변에 없다는 사실을 인지하니, 가슴이 두근거리고 손이 떨렸다. 그럼 갑자기 아파서 못 움직이는 게 틀림없다는 생각에 머리가 하얘졌다. 일단 전화 통화를 다시 한번 해보고 움직이자고 마음을 다잡았다. 별일 없을 거라는 가느다란 희망도 가져보면서, 놀란 가슴이 두근거렸다. 조심스럽게 전화기를 다시 들고 딸에게 전화를 걸었다. 한참 신호음이 가니 전화를 덜컥 받는 게 아니겠는가.

"엄마, 무슨 일 있어요?" 반갑기도 하고 야속하기도 했다. 그 잠깐 동안에 어미는 천당과 지옥을 오갔는데 딸의 목소리는 평안하기만 했다.

"왜, 전화를 늦게 받니? 어떻게 된 거야." 나는 속사포처럼 물었다.

"아, 전화기를 집에 두고 나갔어요. 재활용 분류하여 배출한 다음에 근처에 있는 빵집에 가서 빵을 좀 사 왔어요." 하면서 배시시 웃었다. 손자도 엄마가 현관문을 여는 소리에 적이 안심은 되었으리라.

눈물이 핑 돌았다. 아이들이 어렸을 때 말 안 들으면 엄마가 멀리 가버린다고 말했을 적에 어린 가슴에 얼마나 큰 상처가 되었을지. 이제야 깨닫는 자여! 어리석기 그지없구나.

별일이 아니었는데, 몇 분 사이에 큰일이 되었다. 오후에 또, 딸네가 거주하는 동(洞) 근처에서 자동차 사고가 크게 났다는 뉴스를 들었다. 음주 운전자 때문에 여러 대가 서로 부딪쳤다고 했다. 문자를 보냈다. 외출하지 않았는지 확인하고 안부를 물었다. 바로 딸에게서 문자와 전화가 왔다. 온종일 집에 있었다는 소식을 듣고서야 안심했다. 아침에 비해 손자의 목소리는 밝고 명랑했다. "엄마가 얼마나 소중한 존재인지 알게 되었니?" 하고 물으니 두 녀석이 동시에 "네!" 하고 씩씩하게 대답했다. 반가운 손자들의 목소리에 말간 봄이 뒤따라 묻어나왔다.

봄이 오는 소리는 놀이터에서 뛰노는 아이들의 커지는 목소리에 감겨져 왔다. 겨우내 웅크리고 있던 두뇌의 확장과 심장의 박동이 크게 요동치는 시기란 걸. 봄이 오는 소리는 베토벤의 교향곡 제9번의 합창곡이 널리 울려 퍼질 즈음 뒤따라 왔다. 상임 지휘자는 강렬한 아우라로 무장하고 오케스트라와 합창단을 아름다운 하모니로 이끌어 내며, 좌중을 압도하였다. 한 곡이 끝날 때마다 이마에 송골송골 맺히는 땀방울을 수건으로 훔치던 지휘자 요엘 레비는, 음악과 하나가 되었다. 봄이 오는 소리도 이처럼 인고의 과정을 거치며 모든 열정을 쏟고 나서야 맑고 그윽하게 들려오는 것 아니겠는가. 푸른 절벽에서 쏟아져 내리는 폭포수의 하얀 외침처럼 봄을 고대하던 시원의 울림이 아니겠는가. 리처드 용재 오닐이 연주하는 텔레만의 '비올라 협주곡 제4번'에서 봄의 소리가 흘러나왔다. 봄이 오는 소리는 비올라의 선율처럼 명징한 울림으로 다가오고 있었다. 봄의 소리는 하나로 어우러져야 제대로 된 맛을 느끼나 보다. 봄동 겉절이

여름이 내게 들어와 꽃이 되었다

의 어울림처럼 맛깔나고 그 속에선 푸른 젊음이 용솟음치기 때문이
리라. 다시 오는 봄에 타오르는 정열과 푸르름을 담뿍 담아, 아름다
운 사랑의 속삭임을 나눌 그대는 지금 어디로 갔는가.

개나리는 봄을 배반하지 않았다

뚝방길을 걸었다. 마주친 벚꽃
이 바람결 따라 가볍게 흩날린다. 가냘픈 꽃잎들은 꽃비가 되어 하
롱하롱 날갯짓하며 떨어진다. 잔인하다. 낙화는. 살포시 머리 위에
내려앉아 입맞춤하는 몸짓이 애달프다. 봄의 화신은. 실팍지지 못하
나 날아갈 듯 가볍고 미혹적인 맵시가 왜 영원하지 않은가. 발걸음
을 붙잡는 홀연한 아름다움에 한참을 서성거리며 벚꽃의 향연에 매
료되었다. 그런데 멀리 군락을 이룬 노란 개나리가, 심사(心思)가 권
태로운 햇살 아래 고즈넉하다. 시선을 잡아당기는 오묘한 이끌림
에 발걸음이 빨라졌다. 나리와 비슷하면서도 다른, 질이 좀 떨어지
는 야생의 꽃이라는 의미로 접두어에 '개' 자를 굳이 넣은 개나리를
보며, 흔한 봄꽃에 대한 예우가 조금 부적절한 것은 아닌가 하는 생
각이 들었다. 어릴 때 작은애가 즐겨 입은 노란 원피스같이 강렬하

여름이 내게 들어와 꽃이 되었다

고 도발적인 개나리의 자태가, 올해는 새침해 보여 생경했다. 개천을 따라 한없이 펼쳐진 개나리의 흐드러진 개화를 바라보며 가슴이 먹먹해졌다. 자연의 순리(順理)대로 무심히 피고 지며 겸양의 미덕을 보이는 개나리. 주어진 운명을 받아들이고 작은 저항조차 하지 않는 여린 꽃나무에, 시선을 걸어두고 오래도록 제자리를 맴돌았다. 봄꽃의 대명사인 개나리는 언제나 벚꽃이나 진달래 등 사람의 눈을 현혹시키는 아름다운 봄꽃에게 일번 자리를 내어주고, 슬며시 뒤로 물러앉았다. 너무나 강렬한 노란 색채는 화사한 봄꽃의 배경이 되어주기만 할 뿐, 이목을 집중시키지 못했다. 우린 다른 봄꽃에 눈길을 매단 채, 개나리가 스쳐 지나가는 봄의 전령쯤으로나 여긴 건 아니었을까. 군집을 이룬 개나리의 개화는 한 폭의 수채화처럼 사람들의 시선을 끌기 위해 노력하고 있다는 걸. 오늘은 알았다. 개나리는 오랜 세월 동안 한자리에 붙박이 된 채, 나라의 흥망성쇠를 지켜보며 가슴에 못이 박혔을 것이다. 국난을 맞이할 때마다 노란 눈물을 뚝뚝 흘리며 가슴 저려 했던 순간들을 헤아려 볼 수 있으려나. 진한 아픔을 가슴에 몇 번이나 묻고 또 묻으며 버텨냈을까. 나리와 비슷하나 못생겼다는 이름을 매달고도 그렇게 꿋꿋이 견뎌온 개나리의 지고지순함은, 우리 선조의 은근과 끈기를 닮았다. 기다리다 지쳐서 얼굴이 샛노래진 개나리의 애달픈 하소를 들어주고 생채기 난 가슴을 어루만져 주었다. 친한 척 옆에 서서 바라보다가, 개나리 수풀을 날아다니며 우짖는 굴뚝새 소리에도 취해보았다. 볕이 고운 봄날의 유유함이 밀려왔다. 개나리 군락 밑에서 주변을 아랑곳하지 않고 모이를 고르느라 여념이 없는 비둘기와도 말을 섞으며, 내게 손 내민 개나리와의 대화는 정겹고 포근했다. 길을 걷다가 갑자기 불어닥친 봄바람에 쓰고 가던 모자를 홀쩍 날린 나이든 상춘객이 맨머리를 감싸며 달려가느라 부산하였다. 나도 모르게 실없는 웃음이 터져 나왔다. 주변 사람들도 함께 웃었다. 서로 스쳐 지나가면서도, 개나리 옆에 서면 설레는 이팔청춘이 되는 건 장년의 미학인지도 모르겠다. 폐부 깊숙이 오롯한 개나리를 끌어안고, 빈 어둠 속에서도 실낱같이 희망은 켜켜이 차오르고 있겠지. 지나쳐가는 사람들 모두의 가슴 한 편에……

걸으면서 멀리 서서 또 가까이 다가가서 바라보면서, 개나리와 봄날의 대화는 끝이 없었다. 개나리도 다른 봄꽃들처럼 겨우내 땅속에서 춥고 어둔 시간들을 견뎌내고 힘을 북돋우며, 봄날에 꽃피울 준비로 분주했으리라. 한겨울 추위에도 하루하루 마음을 다잡으며, 인내했을 많은 시간들. 이른 봄에 마른 나뭇가지의 물관과 체관으로 물과 양분을 쑥쑥 올려 보내며 자신의 노란 속살을 세상에 내보일 생각에 밤잠을 못 이루고 내내 설레었을까. 개나리의 마음을 모두 읽어내지는 못했지만, 반도회적인 노랑꽃의 편벽함이 아닌 햇살 닮은 황금빛의 노란 정열로 봄의 강변을 불태우고 있었다. 개나리에 취해 길을 걷다 보니, 줄지어 서있는 벚나무와 가끔가다 서있는 자

여름이 내게 들어와 꽃이 되었다

색 목련 나무와는 건성으로 인사했다. 화사한 개나리의 노란 정념으로 가슴을 가득 채웠다. 오늘은 봄꽃 중에서 유난히 눈에 차오른 개나리로 인해 건조한 마음이 풍성해져서, 오랜만에 봄 처녀로 돌아간 듯 설레었다.

성당에서 곁을 지나치는 수녀님과 반갑게 눈인사를 나누었는데, 개나리처럼 순수하면서 꾸미지 않은 자연스런 민낯이 꽃처럼 아름다웠다. 민들레 홀씨 닮은 몸짓이 가뿐하였다. 소박하지만 노란빛의 환한 미소가 번지는 걸 바라보며 흐뭇했다. 정원 한쪽 구석에서 예쁘게 모양을 낸 아담한 전나무 아래 키 작은 철쭉이 그늘짐을 피해 살며시 양지쪽으로 고개를 내밀고, 붉은 자줏빛 봉오리를 금세 터뜨릴 듯, 가지런한 봄 꽃밭이 눈에 들어왔다. 노곤하던 삭신에 상큼한 개나리액이 수혈된 느낌이 들었다. 오늘 만난 개나리의 수수하면서도 밝은 에너지가 순식간에 온몸을 감싸고 돌아, 답답했던 마음이 뻥 뚫어지는 것 같아 시원했다. 올해 활짝 핀 개나리는 유난히도 선명한 노란빛으로, 모두에게 바람인 희망의 씨앗을 뿌려주고 있었다. 바라보면 절로 미소가 감도니까. 따뜻한 미소는 희망 고문이 아닌 절실한 기운으로 연결되는 거니까. 별 볼 일 없는 삶을 살면서 무심코 지나쳐 버린 꽃나무에게, 오랜만에 섬세한 눈길로 다가갔다. 바쁘다고 또, 일에 치인다면서 자연의 격정적인 변화를 무심한 듯 지나치다가, 찬찬히 바라보면서 삶의 의미가 새롭게 다가왔다. 내게 가만히 속삭여주는 위로였다.

　개나리는 오늘도 노란 물결을 이루며 지나치는 이들에게 기쁨을 선사했다. 개나리는 나리를 닮았지만, 나리에 미치지 못하는 자신의 신세를 한탄한 적이 있던가. 따뜻한 위로를 안겨주는 데 만족하며 꿋꿋이 꽃을 피워낸다. 시기하거나 욕심내는 이를 구별해 가며 보여주지 않았다. 만인에게 지고지순한 열정을 드러냈다. 앞으로도 본분에 충실할 것이다. 우리는 개나리의 꽃말인 희망과 기대와 깊은 정을 나누며 살아간다. 예전부터 병충해와 추위를 잘 견뎌서 생 울타리용으로 쓰였다고도 한다. 시골에 가면 유난히 담장에 개나리를 많이 심은 이유를 이제야 알았다. 우리의 삶 속에서 늘 함께했던 개나리에게 더욱 친근감이 생겼다. 개나리꽃으로 담근 개나리주를 한번 음미해 보고 싶다. 기회가 되면. 은근과 끈기를 이어가며 헤아릴 수 없이 많은 어려움을 극복해 낸, 우리의 꽃 개나리가 그렇게 아름다운 꽃인 줄 이제야 알았다.

　위대한 삶은 늘 가까이 존재하거늘 왜 알아보지 못하고 지나쳐 가는 걸까. 개나리는 봄을 배반하지 않았다. 늘 그 자리에 서서 환한 봄을 밝히느라 온몸을 불태우고 있었다.

삶의 한순간도

밤에 자주 깨어난다. 습관적이다. 일어나면 바로 시각을 확인한다. 살아있는 순간을 확인하듯이. 요즘 한쪽 어깨가 계속 뻐근했다. 시절이 꽤나 수상하니 병원에 가길 자꾸 미뤘다. 열심히 운동하면 아픈 어깨가 나을 거라는 게으른 주문을 하면서. 헛된 꿈일까. 일어나기 마뜩잖아 다시 눈을 감았다. 아침에 눈이 안 떠지면 죽음의 계곡을 건너고 있는 건 아닌가 하는 생각이 문득 들었다. 살아온 시간보다 죽음과의 거리와 점점 가까워지고 있다는 확신이 들었다. 아픈 어깨를 두드리며 침대를 빠져나왔다. 베란다 쪽으로 서서히 둔탁한 몸을 옮겼다. 하늘이 심상치 않았다. 진한 회색빛 구름이 층층이 하늘을 덮고 시위를 한다. 시무룩한 표정의 가뭇한 하늘은 들이닥친 구름의 도발에 손을 놓고 있었다. 까칠한 솜털 구름은 높은 산봉우리를 점령하고 한참을 머뭇거렸다. 신비경에 들뜬 산은 구름과의 조우(遭遇)가 싫지 않은 듯 처연했다. 그 풍광은 자연만이 그려낼 수 있는 신비의 결정판 아니던가. 마음이 더욱 겸허해진다. 감히 죽음을 논한다는 것 자체가 경박해 보였다. 내일을 알 수 없도록 신은 판도라의 상자 깊숙이 꽁꽁 숨겼다. 그래서 삶이 다이내믹하게 흘러가는 건지도. 끝을 알 수 없는 인생을 살면서 하루를 살아내기가 놀놀하지 않았다. 밥을 먹어야 내일 아침에도 부드러운 햇살의 감촉을 느낄 수 있겠지. 몸을 움직여야 생동하는 나무와 꽃의 표징(表徵)을 세심히 알아채겠지. 글을 써야 한다는 책임감에라도 긴 하루를 짧은 시간이라 버텨내야 살아가겠지. 삶의 한순간도 쉽지 않음을 일깨우는 마음의 소리. 그럼에도 누워서 조용히 눈을 감고 있는 상태가 제일 좋다. 무위의 경지에 빠져 모든 게 부질없다고……. 그러나 좋은 글 하나는 남겨놓고 싶은 소망으로, 메마른 오늘을 부여잡고 놓지 않았다. 심사(心思)가 무뎌진 하늘은 거친 잿빛 도료를 깔아놓은 듯 우중충하고, 불어오는 바람 한 줄기마저 차갑고 도도했다. 눈빛이 퀭한 구름이 저문 하늘가에 음울한 낯색으로 무겁게 내려앉았다. 산색이 저만치 멀어지고 있었다.

삶의 한순간도 의미를 부여해야만 크게 후회하지 않음을 시사(示唆)한 드라마의 한 장면이 떠올랐다. 불의의 교통사고로 인해 첫아기를 낳자마자 떠난 여자 주인공. 절절한 그리움에 귀신이 되어, 몇

여름이 내게 들어와 꽃이 되었다

년 동안 아기와 남편 주변을 맴도는 통속적인 주제다. 49일간만 인간이 되어 자식 곁에 머물다가 떠나야 하는데, 삶의 한순간도 놓치고 싶지 않아 애를 태우는 스토리가 눈물샘을 자극했다. 살아있다는 건 기적이라고 말한다. 이 순간 예기치 않게 자의로든 타의로든 누군가 삶의 끈을 놓고 있다. 늙어 죽는 것은 덜 원통하지만 말이다. 어린아이와 어린아이를 둔 부모는 예외여야 한다. 홀로 남겨진 아이는 감당할 수 없는 깊은 상처로 무너지니까. 세상일이 마음먹은 대로 되는 것인가. 보통 꽃나무는 다음 해에 또 꽃 피울 요량으로 자신의 수족이 잘리는 아픔을 조금도 슬퍼하지 않는다. 속은 알 수 없으나 겉으론 그저 담담할 뿐이니까. 그들이 살아내는 삶의 양식(樣式)이다. 그러나 양껏이라도 80년 살이 우리네 인생은 한번 지면 다시 꽃피우지 못해, 그리 욕심스레 버둥거리는 것일까. 연일 뉴스는 사건, 사고 등으로 도배되어 편할 날이 없다. 인생의 뒤안길에 가서야 부질없는 일이었음을 깨닫고 후회해도 늦다는 걸, 누구나 젊을 때는 도무지 인정하지 않으려 했다. 이웃에게 선한 인정을 베푼 작은 희생이 회자되어, 뉴스의 대미를 장식하였다. 마음마저 훈훈해졌다. 어찌 보면 이 세상에서 가장 쓸모없는 게 인간이다. 사람들이 출현하지 않았던 그때, 지구가 누리던 가장 아름다운 시절은 아니었을까.

삶의 한순간이 얼마나 소중한가를 일깨워 준 책 한 권. 알베르 카뮈의 소설 《페스트》는 전염병에 대처하는 인간 군상의 모습을 그의 철학적인 견해를 피력하며 다소 지루한 어법으로 설파했으나 강한 흡인력으로 독자의 시선을 끌어모았다. 대작에서 나타나는 사유와 관념과 냉철한 지성은 군더더기 없이 매끈했다. 선이 굵고 분명한 호흡으로 글을 엮어가는 솜씨가 단연 돋보였다. 출간하자마자 선풍적인 인기와 더불어 비평가 상을 수상하고 왜 노벨상을 수상한 작품인지를 강렬한 서사에서 보여주었다. 7년 동안 구상과 집필을 통해 《페스트》를 출간한 카뮈는 누구보다 치열하게 삶의 한순간을 버텨내며 살았다. 전쟁과 질병의 와중에도. 그 당시의 급박한 시대 상황과 작가가 처한 참담한 현실과 삶의 터전이었던 오랑이라는 도시의 티푸스 유행을 직시하며 글감을 수집했다고 한다. 전 시대 페스트의 창궐에 대한 방대한 자료 수집으로 절묘하게 합을 이루며 집필에 공을 들였다. 끈질긴 사유로 점철된 유려한 글솜씨는 작가의 천재성에 노력을 가미한 것이다. 어릴 때 그를 짓누르던 지독한 가난과 질병, 그 와중에 루이 제르맹, 장 그르니에 같은 스승을 만나 카뮈가 학문의 길에서 좌절하지 않고 명맥을 이어나갔던 건 특별한 행운이었다. 절박한 삶의 순간에서도 사설, 강연 등을 통해 현실 정치를 맹렬히 비난하거나 옹호하며 사회 참여 작가로서의 입지도 탄탄했다. 그의 삶을 통틀어 최고 절정의 시기는 당대의 앙드레 지드, 사르트르, 시몬 드 보부아르 같은 지성파 작가, 철학자들과 교류하며 문학의 지평을 넓히던 시점이 아닐까. 비록 자동차 사고로 요절했지만 그의 작품은 후대에도 이어 전해질 것이다. 알제리에서 출생

여름이 내게 들어와 꽃이 되었다

하고 프랑스에서 유명 작가로서 필치를 드날린 카뮈의 일대기는 화려했으나 짧고 비극적이었다. 삶의 한순간도 빛나지 않은 순간이 없었음을.

누구라도 삶의 한순간이 소중하지 않은 때가 있었을까. 삶은 기다림의 시간이다. 갓 태어난 아기가 감았던 한쪽 눈마저 떴을 때, 돌잡이 아기가 첫걸음을 뗄 때, 엄마를 부르는 첫 소절이 입안에서 오물거릴 때, 엄마는 삶의 가장 아름다운 한순간으로 오래 기억한다. 두고두고 기억의 창고에 보관한다. 요새 학교도 못 가고 집에만 있는 통에 손주들 볼에 살이 통통 올랐다. 귀엽다. 혹시라도 걱정이 되어 가지도 오지도 못한다. 오늘도 화상 통화로 소중한 삶의 한순간을 통째로 저장했다. 4월은 잔인한 봄이라는 말이 맞는가. 갑자기 칼같이 야멸찬 바람이 몰려와, 베란다의 커튼은 그만 화들짝 놀라 창문 뒤로 숨어버렸다. 이른 봄의 냉랭한 기온으로 되돌아간 듯, 한기가 스미는 옷깃을 자꾸 여몄다. 멀리 산책길에 인적이 드물었다. 맑고 청량하게 우짖던 새들도 발길을 돌렸다. 따뜻한 둥지 속에서 새끼를 돌보느라 바쁜가 보다. 마침 서산마루에 걸쳐진 연회색 새털같이 가볍고 폭신한 구름 한 자락이, 오렌지빛으로 물들었다. 오렌지 내음의 상큼함이 하늘가로 번졌다. 절경이었다. 명징한 찰나의 장면에 시선을 멈추고, 아름다운 삶의 한순간은 뜻하지 않게 찾아옴을 되새겨 보았다. 아직도 따스한 마음의 봄은 오지 않았는가. 대기마저 마지막 꽃샘추위로 덜덜 떠는 봄을 설워하나 보다. 만춘의 새빨간 장미가 피워내는 5월의 붉은 향기는 또 어떤 그리움을 안고 다가올까. 한 떨기 장미의 눈부심을 바라볼 삶의 아름다운 한순간도 꼭 기억해 두어야지. 내일은 하늘 위로 떠다니는 구름의 은빛 선율을 바라볼 생각에, 강낭콩의 흰 꽃망울이 기지개를 켰는지 살펴볼 생각에, 오래 누워있지 말고 벌떡 일어나서 노오란 아침 햇살을 뜨겁게 맞이해야지. 삶의 어느 한순간도 소중하지 않은 때가 없음을.

돈으로 살 수 없는 것들은

《정의란 무엇인가》의 저자 마이
클 샌델 교수가 쓴 책이라서 경제와 어떤 상관관계가 있을지 매우
궁금했다. 세상에는 돈으로 살 수 있는 것들이 생각보다 많았다. 대
리 사과 서비스, 결혼식 축사 판매 같은 기상천외한 것들도 있었다.
야구장 관리인은 홈런을 친 타자 주변의 흙을 나눠 담아서 야구 팬
들과 거래했는데, 사는 사람이 의외로 많아서 놀랐다고 한다. 돈을
주고 산 대리모를 통하여 아기를 생산하고 생명을 담보로 한 도박
등이 버젓이 시장경제의 형태로, 그 명맥을 이어왔다는 사실은, 도
덕과 경제 사이의 큰 딜레마라고 생각되었다. 대리모가 아기를 낳고
마음이 변하여 데리고 다른 곳으로 도망쳤다는 기사를 보고, 혈육의
정이란 돈으로 가치를 매기기 어렵다는 사실도 새삼 깨달았다. 병에
걸린 사람의 말기환급보험을 대리 구입하고, 보험가입자가 아직도

살아있는지 구매인이 자꾸 전화를 걸어 확인해 본다는 것도 참 아이러니했다. 생명 보험에 든 사람이 목숨을 오래 부지하고 있을수록 금전적 손해라고 했다. 사람의 생명을 담보로 한 거래는 생명을 경시하고 있는 까닭에, 읽는 내내 마음이 불편했다. 그러나 다행히 돈으로 살 수 없는 것도 꽤 많이 있었다. 인간의 마음이란 돈으로 살 수 없다는 것이 증명되었다. 마을에 핵폐기물 시설을 건립해야 하는 사실을 주민들에게 간절히 말로 호소하면 손쉽게 동의를 받았으나, 일정한 현금을 지불하고 동의를 구했을 때는 동의한 주민의 숫자가 오히려 줄어들었다는 역설에서 그 반증을 찾을 수 있었다. 또 어린이집의 학부모들이 하원 시간보다 1시간 늦게 도착했을 때는 진심으로 미안해하고 늦게 오는 학부모 인원도 많지 않았는데, 벌금을 부과해 보니 오히려 당당하게 벌금을 내고 1시간 늦게 데려가는 학부모의 수도 늘었고 미안해하지 않더라는 것이다. 도덕과 경제의 메울 수 없는 간극을 보는 것 같았다. 결국 돈으로 모든 것을 사고 해결할 줄 알았던 일들이 돈이 매개체가 되는 순간, 거품처럼 도덕적 가치가 사그라지는 것을 확인했다고나 할까.

자본주의 시대에 돈으로 살 수 없는 것들은 거의 없다고 확신하였다. 그러나 요즘 주변을 둘러보니 돈으로 살 수 없는 것이 의외로 많다. 사계절의 흐름을 돈으로 되돌릴 수 있는가. 봄이 오고 개나리와 목련이 만발함을 돈으로 늦출 수 있는가. 불꽃 같은 사랑으로 직

여름이 내게 들어와 꽃이 되었다

진하는 마음을 돈으로 쉽게 멈출 수 있을까. 사람의 타고난 운명을 돈으로 살 수 있는가. 태어나기 직전의 태아 성별을 돈으로 바꿀 수 있는가. 젊음을 돈으로 살 수 있는가. 인간의 자연적인 생사를 돈으로 해결할 수 있는가. 거대한 태풍의 방향을 돈으로 바꿀 수 있는가. 남극의 얼음이 더 이상 녹지 않도록 돈으로 멈출 수 있는가. 활화산의 순간적인 폭발을 돈으로 막을 수 있는가. 셀 수 없이 많은 것들이 돈으로 살 수 없다. 세상을 정복했다고 소리친 우리네는 돈으로 살 수 없는 것들에 대한 준비나 대책이 너무 부족하다. 우리의 욕심은 결국 자연의 거대한 담론에서, 한 치도 벗어나지 못하고 안에서 뱅뱅 맴돌고 있다.

시장 지상주의의 폐해는 사람의 가치를 돈으로 환산하는 것이다. 세계적으로 유명한 축구 선수들의 몸값을 버젓이 공개하고 사람이 아닌 상품의 가치로 전락해도, 자연스럽게 받아들여지고 있는 작금의 현상들. 현존하는 세상의 인간 값어치의 등위는 무어라 설명해야 할까. 돈을 벌기 위해 사람들이 벌이는 악랄한 착취수법은 포식 동물의 민낯과 대동소이하다. 말 못 하는 동물도 자기 자식은 귀하게 여긴다. 그러나 극소수의 인간은 자식들조차 돈의 가치로 측정하여 경제적 이득을 가져오는 자식에게 표를 던진다. 불평등의 심화로 가진 자와 못 가진 자의 교육과 삶의 방식은 점차 거리가 멀어지고 격차는 더욱 벌어진다. 선진국에서는 경찰차와 소방서 소화기에 광고를 부착하고 광고비를 받아 경찰차나 소화기의 운용이나 확충에 기여하였다고 한다. 상업주의의 폐해라는 비판이 있지만 윈윈전략이다. 마케팅 담당자가 열악한 학교 재정을 지원한다는 명목 아래 학교 시설에 광고문구가 넘쳐나도, 막대한 재정적 확대를 가져오고 학교는 몸집을 키워 우수 학생을 유치할 수 있기에 거절할 이유조차 없다. 광고 회사는 모든 공적인 영역에도 침투하여, 회사의 영리와 지역사회의 발전을 함께 도모한다는 미명하에 발 빠르게 움직이는 현시대의 아이러니를 어떻게 설명해야 할까.

우리나라에서도 지하철역의 특정 이름 유치와 지하철 방송에서 특정 광고를 허락하는 이유가 무엇인가. 공공의 이익을 도모하는 시설이므로, 특정 광고를 부착하고 광고비를 많이 받으면 지하철 공사의 운영난도 보전해 주는 효과를 올리기 때문이다. 야구 경기장에 일반 관람석의 몇 배를 받는 스카이박스석을 꾸며서, 야구장의 운용에 막대한 이익을 보장한다면, 마다할 운영자가 있을까. 광고에 무한히 노출되어 있는 현대인은 역시 광고를 보고 선호하는 물건을 선택한다. 우리의 일상과 밀접하게 연결되어 있는 광고가, 중독이라고 해도 무관할 정도로 생활에 깊이 침투해 있다. 드라마를 보다가 몇 편의 중간 광고를 함께 시청하는 경우가 비일비재한 시대. 모든 것은 돈으로 통한다. 그럼에도 현대인의 삶은 풍요롭다고 자신 있게 말할 수 있을까.

여름이 내게 들어와 꽃이 되었다

민주주의는 더불어 사는 삶의 가치를 제일의 모토로 둔다. 그러나 부자와 빈자가 다니는 학교가 다르고 자동차 구입과 여행지 및 음식까지도 물론 차별화된다. 그들만의 세상에서 그들만의 리그와 그들만의 행복이 따로 존재한다. 돈의 가치는 현대를 살아가는 필수불가결한 재화이면서 필요악이 되고 있다. 인간들은 적절한 재화를 구비하여 최소한의 삶을 영위할 목적이 아닌, 남보다 많은 재화, 남보다 높은 지위 등 우월한 삶의 영역을 차지하기 위해 숨 가쁘게 달려가고 있다. 저자가 말한 것처럼 돈으로 살 수 없는 인간적인 베풂과 나눔 같은 보편적이지만 따뜻한 정서로 재화에 모든 인생을 건 사람들을 구해낼 수 있을까? 과연.

상생하는 인간의 사회적 행위가 축복과 재앙을 모두 품은 재화로 인해 갈라서지 않기를. 돈으로 살 수 없는 인간적이고 도덕적인 끈끈한 카테고리 속에 모두 속해있기를.

5월의 어느 하루

소슬한 안개가 자욱하게 내려앉은 천변을 걸었다. 금방 비라도 내릴 듯 습한 대기는 촉촉하고 비릿하며 끈적한 기운으로 차올랐다. 그러나 안개 속에 희미하던, 이른 여름을 재촉하는 은근한 햇살은, 대지 위를 말갛고 투명하며 싱싱함으로 가득 채웠다. 눈치 빠른 안개는 뒷걸음질치며 점점 사위어 갔다. 초록 잎사귀에 테를 두르며 움튼 어린잎의 물색 또한 연둣빛 물감을 풀어놓은 듯, 주변은 온통 신록의 물결로 넘실거렸다. 연초록 작은 이파리는 꽃보다 화려하지 않지만 눈이 시리도록 청아했다. 다가올 여름은 연초록 잎새의 물결이 창창하게 펼쳐지며, 비탄에 빠진 이에겐 힐링의 시간이 되지 않을까. 여름의 기운은 물가에 허리가 구부정하게 휘어 애처롭게 서있는 나무의 잔가지에 머물면서, 힘차게 의지를 키우고 있었다. 용광로처럼 달아오른 햇살에 치이고 데면

여름이 내게 들어와 꽃이 되었다

서, 만물은 생명을 잉태하고 또 생산하기 위해서 구슬 같은 땀방울을 얼마만큼 쏟아내는지, 모자란 인간은 가늠해 볼 수나 있으려나.

천변 산책길은 호젓하게 사색에 잠길 수 있는 시간을 선사해 준다. 시들어가는 철쭉에게 연민의 눈길도 주고, 어린 산딸나무에게 싱싱한 잎새를 맘껏 매달라고 곁눈 짓으로 응원하였다. 물찬 나무와 사연이 많은 물가 바위와 싱싱한 잡풀에게도 실없이 농을 던지면서 걸었다. 한동안 가물다 보니, 개천의 수위가 내려가 바닥까지 훤히 들여다보였다. 잠시 천변 근처 우뚝하고 넓적한 하얀 바위에 털썩 걸터앉았다. 터를 잡은 바위 옆에 살포시 붙어 만개한 분홍빛 철쭉은 자연의 순리대로 꽃의 진 자리가 하나둘 늘고 있었다. 시든 꽃은 바람에 쫓기듯, 몸을 낮추어 흩날리며 자신의 숙명인 양 담담해 보였다. 사랑하는 이가 떠나는 걸 차마 잡지 못한 그 옛날 퇴기(退妓)의 모습이 저와 같았을까. 짧은 시간 내에 우리네 인생을 모두 풀어내어 그런지 몰라도, 바라보는 내내 아릿한 마음에 젖어 들었다. 그러나 날아든 벌은 헤벌쭉한 철쭉을 결코 외면하지 않았다. 꽃 안쪽 깊숙이 요리조리 훑어가며 꽃가루를 끌어모았다. 벌은 늙은 철쭉도 한 떨기 아름다운 꽃으로 바라보는가 보다. 보라색 작은 나비 한 마리가 꽃 주변을 빠르게 날아다니며 희롱하는 듯했다. 사람을 경계하는 걸까. 나래를 접고 꽃 위에 살포시 앉은 모습을 보고 싶은데, 조금도 곁을 내어주지 않았다. 헛물만 켜고 아쉬워 마른침만 꿀꺽 삼켰다.

겉으로 보이는 물살은 느리고 잔잔하게 흘러갔다. 밝은 햇살이 닿는 면은 환한 은빛으로 무심결에 반짝이지만, 물살 빠른 물밑에서는 민물고기와 플랑크톤과 물풀과 고동이 치열하게 몸집을 키우고 있겠다. 물속에 뿌리박은 나무는 시종 엉거주춤 서있는 자세로 모든 고뇌를 달관한 표정이었다. 물속에 뿌리박고 서있으면서 바람불고 비가 오면, 혹시 가지가 꺾일세라 날아갈세라 얼마나 노심초사했을까. 어미가 자식을 돌보는 심정이란, 사람이 아닌 자연에서도 여전히 절박하고 안타까워 보였다.

갑자기 물속에서 소리가 요란했다. 몸이 황갈색이고 꼬리지느러미는 약간 붉은빛을 띤 강 붕어 1마리가 유영을 하고 있었다. 유영이 아니라 거의 수영 선수 수준이다. 숨쉬기가 불편해 그런지 몰라도 고개를 세우고 물을 차고 다니는 힘이 대단했다. 다른 물고기는 물속에서 잔잔한 파문을 일으키며 거슬러 오르거나 내려가는 데 반해, 황갈색 강 붕어는 몸의 반쯤이 물 밖으로 솟구쳐 올랐다가 물밑으로 뛰어들기를 한없이 반복했다. 얼마나 힘이 센지 유영하는 자리마다 커다란 파문이 일고, 작은 파도가 이는 것처럼 거칠게 물을 휘저으며 뛰어다녔다. 한참을 바라보고 있어도 위세는 당당했다. 시간이 좀 지나니 잠시 쉬러 갔는지, 물 위는 다시금 조용해졌다. 어디서 나타났는지 그림같이 하얀 고니 한 마리가 고개를 빳빳이 세운 채 고고(孤高)하더니, 잠시 물속을 응시하기도 하면서 천천히 헤엄을 치며 지나갔다. 다시 태어난다면 백조로 태어나고 싶다. 온갖 이권을 다투고 술수도 부리면서 모든 걸 손에 쥐었어도, 방황의 끝이 보이지 않는 인간에 비해, 새나 꽃으로 태어나면 그보다 훨씬 단순하게 생활하지 않을까. 나름 살아내기 고단한 부분도 있겠지만. 물가를 스치며 나는 오리들도 빠르게 비상하는 솜씨가 제법이었다. 비둘기보다 크기가 좀 크고 몸은 흰색인데 날개 부분만 회색 무늬가 새겨져 있어서 참 고왔다. 물속에서는 물수제비를 뜨며 목젖이 보이도록 웃어젖히던 지나가 버린 청춘과 철쭉과 나무를 유화 붓으로 덧칠한 색 고운 그림자가, 물결 가는 대로 몸을 내맡기며 잔잔히 나붓거렸다. 5월의 신록이 겉으로 무심해 보이듯, 물속에서도 여전히 푸르고 한가했다.

나무와 꽃과 물을 벗 삼아 무상무념에 빠져, 덩그러니 앉아있어도 외롭지 않았다. 하늘을 보고 물 한 모금 먹고 쉼을 노래하면서, 그대로 편안하고 쾌적해서 좋았다. 안주하고 싶던 마음속 정원이 눈앞에 요요(夭夭)히 펼쳐졌다. 글 한 줄도 못 쓴 채, 물가에 앉아 하루 해를 보낸다 해도 싫지 않았다. 행복은 갈구하는 자의 몫이므로 풀 한 포기, 작은 들꽃 하나에도 그저 위로가 될 뿐이었다. 정오가 지나니 제법 화끈한 햇살이 마구 옷 속으로 파고들었다. 몸이 덥고 눈이 부시니 더 오래 머물 순 없었지만, 자연과의 별리가 서운한 건 오랜만이었다. 자꾸 걸음이 느려졌다. 하늘과 바람과 별과 시만 있으면 행복했던 윤동주 시인이 이런 기분이었을까. 잠시의 무료함은 삶을 재충전할 기회이지만, 평생의 무료함은 나태와 타성에 젖어 나락으로 떨어지는 원인이 될 수도 있지 않을까. 자연에 대한 애틋함이 마음에 들어오면 떠날 줄을 모른다. 폐부 깊숙이 들어온 5월의 향기는 꽃과 나무와 바위와 물과 합체되어 은은한 내음으로 오래 남아있었다. 5월의 향기는 소나무처럼 푸름으로 그득 넘쳐흘렀다. 5월의 향기는 겉은 단단하지만 속은 폭신한 달디단 열매를 매달고 있었다. 5월의 향기는 넉넉하게 가슴을 열고 작은 아픔까지 모두 끌어안았다. 5월의 향기는 연둣빛 사랑의 이름으로 책갈피에 곱게 새겨 넣었다. 자연과 합일하며 아름다운 시가 읊조려지는 시간. 5월의 어느 멋진 하루였다.

IV.

가을로 가는
길목에서

복순이 언니

낯익은 이름이다. 1960년대 시골에서 대거 서울로 상경하여 눈칫밥을 먹으며 일반 가정집에 숙식하던 식모를 부를 때 쓰이는 흔한 대명사였다. 작가 공지영은 "봉순이 언니"라 명명했지만. 궁핍한 살림살이였어도 집집마다 아이들이 넘쳐나서 우리나라 인구가 폭발적으로 증가하였던 그 시절. 시골에서는 불어터진 국수나 꽁보리밥에 말라빠진 무말랭이 하나라도 실컷 먹었으면 하는 게 소원이었다. 늘 배고픔에 절어 눈이 때꾼하고 누런 코를 달고 살며, 땟국물이 줄줄 흐르는 아이가 많았던 시절. 시골에서 세끼 흰 쌀밥을 제대로 먹을 수 있는 집은 부잣집이었다. 일터가 많은 서울살이는 세끼 밥을 걱정 없이 먹으며 지낼 수 있는 집이 그나마 많았지만, 배곯던 보릿고개는 시골살이에선 여전하여 먹는 입을 하나라도 덜어내야만 했다. 초등학교를 졸업하고 형편이 어려워 중학교에 못 가는 청소년들은 도시로 서울로 부나방처럼 모여들었다. 가정집 식모로 공장의 직공으로 뿔뿔이 흩어져서 적은 돈이라도 벌어서 시골에 있는 가족에게 모두 부쳤다. 한창 공부할 나이에 지독한 가난에서 벗어나기 위해 무작정 뛰어든 삶의 현장은 신산하고 부대끼기 일쑤였다. 복순이는 그 시대의 표상이다. 남의 집에서 허드렛일하며 돈을 벌어야 했던 복순이는, 학교 다니는 또래와 견줄 수 없는 낮은 자존감으로 애통함을 절절이 감추고 있었다. 못다 핀 꿈을 자식 대에는 이루고 싶은 보상의 여정이었을까. 곰삭던 아픔이 점철된 지지리 못난 인생이라도 마다 않고 억척스럽게 일했던 열정은…….

우리 집은 아버지가 은행원으로 근무하던 시절이 내 인생의 정점이었다. 비록 길지 않은 시간이었지만. 줄줄이 4남매를 낳은 어머니는 아이들 돌보느라 바빠 종종거렸고, 집안일에 치여 늘 허덕거리는 일상의 연속이었다. 살림을 도와줄 손길이 절실히 필요하던 때였다. 때맞춰 먼 친척인 복순이 언니가 시골에서 올라왔다. 새까만 주근깨가 양 볼에 점점이 덮여있지만 수더분한 인상으로 착했던 복순이 언니. 동생들과 나는 복순이 언니를 곧잘 따랐다. 복순이 언니는 나와 동생들에게 매번 밥을 차려주고 함께 놀아주며, 어머니의 일손도 많이 덜어주었다. 예전으로 돌아가 기억을 더듬어 보면 복순이 언니 표정이 늘 밝지만은 않았던 것 같다. 암튼 우리 4남매는 복

여름이 내게 들어와 꽃이 되었다

순이 언니에게 업히고 매달리며 다복한 어린 시절을 보낼 수 있었다. 그러나 복순이 언니가 우리 집을 떠나간 이유를 잘 모른다. 어렸을 때의 일이고 어머니도 안 계시니 유추해 보는 수밖에. 공부도 병행할 수 있다는 희망을 갖고 올라왔을 것이다. 그러나 이웃집의 또래가 가방을 메고 학교 가는 모습을 바라보며, 자괴감이 들었던 건 아니었을까. 아니면 공부할 엄두를 내지 못하는 현실에 몹시 낙담하여, 훌쩍 떠나버린 건 아니었을까.

대학생이 되었을 때 돌아가신 아버지의 먼 일가인 작은아버지뻘 친척과 어렵게 연락이 닿아, 터를 잡고 계신 시장통으로 모처럼 찾아뵈었다. 반갑게 맞이하는 작은 아버지와 첫 만남이었지만 그리 낯설지 않았다. 아버지의 목소리와 흡사하여 잠시나마 살아 돌아오신 듯, 기뻤던 기억이 아직도 삼삼하다. 마침 복순이 언니도 근처에서 가게를 운영한다며 앞장서 가시기에, 냉큼 따라나섰다. 마음이 두근반 세근 반 했다. 목이 좋은 자리에 밍크 등 가죽 제품이 무진장 진열되어 있는 제법 큰 가게였다. 잠시 만난 복순이 언니는 배시시 웃던 시골 처녀가 아니었다. 적당히 몸집을 불리고 표정도 우아하며, 부잣집 여인네 티가 얼굴에서 흘러내렸다. 어린 시절 홀연히 곁을 떠났던 복순이 언니는 시장에서 악착스럽게 일하여 집안을 일으키고 유복(裕福)하게 살고 있었다. 아들은 최고 명문인 S대 의대를 다닌다고 했다. 성공한 인생이다. 괜히 미안했다. 서울로 불러들여 안

중에도 없던 식모살이만 시키고, 떠나가며 우리 부모님을 원망했을 수도 있겠다. 뒤웅박 팔자였던 우리 어머니에 비해 복순이 언니가 간난한 삶을 헤쳐나가 우뚝 설 수 있었던 비결이 무엇일까. 다 닳은 대갈마치라 하지 않던가. 어릴 때 굶기를 밥 먹는 듯이 하며 찢어지는 가난을 겪었기에, 이를 악물고 노력했던 결과가 아닐까. 서로 어색하게 인사하고 그 자리를 떠나면서 명쾌하지 않았다. 그동안 만나지 못한 사이, 마음의 거리는 넓었다. 서로의 벽도 높았다. 잊었던 우리 부모님의 모습을 내게서 발견하곤 피하고 싶었을까. 그러나 어린 나를 달래주던 복순이 언니가 기억의 저편에서 활짝 웃고 있었다. 늘 푸근해서 좋았던 복순이 언니의 손길이 그립다. 다시 만나기는 어렵겠지만 복순이 언니도 나처럼 늙어가고 있다는 생각에, "인간만사는 새옹지마"라 욕심 또한 부질없음을 깨달은 기회였다고나 할까.

오랜만에 만나도 변함없이 반가운 사람은 그 시절의 기억이 아름다운 추억으로 남아있기 때문이지만, 오랜만에 만나서 왠지 어색한 사람은 그 시절의 기억이 뼈아프게 쓰린 흔적으로 남아있기 때문이 아니겠는가.

봄의 끝자락, 날씨가 심상찮다. 하늘을 뒤덮은 잿빛 구름이 낮게 깔리고 휘몰아치는 서슬 퍼런 바람에 조심스럽게 날던 새들의 목소

여름이 내게 들어와 꽃이 되었다

리마저 잦아들었다. 서늘한 한기가 스며들어 화들짝 놀란 창문을 마구잡이로 흔들어 대던, 봄바람의 시샘이 진눈깨비를 몰고 왔다. 회색빛 어둠의 시간이 지나면 심술궂던 봄바람은, 본연의 따스한 기운을 뿜어내며 다시 제자리로 돌아가겠지. 계절은 뜨거운 정열을 쏟아내는 여름을 향하여 질주하려는 채비로 또 분주해지리라. 복순이 언니도 날 선 봄바람의 기색을 살펴보며 희미해진 옛정 하나 떠올려보고 있을까.

지금의 나처럼.

비와 미망未忘 그리고 그대

　　　　　　　　성글게 내리는 비가 유리창을
세차게 걷어차며 지나갔다. 파란 우산을 들고 옷자락이 흠씬 젖도
록 쓸쓸하고 고즈넉한 거리를 쏘다녔다. 구슬비가 후드득후드득 내
리니 인적마저 드물다. 소나무와 전나무의 연둣빛 새잎이 더욱 선명
하고 건하다. 보리수나무 꽃이 진 자리에 동글한 열매를 매달고 있
다. 투박한 바위 사이에서 살포시 고개 내민 철쭉의 낯빛마저 곱고
낭창(朗暢)하다. 억센 담쟁이덩굴의 여린 덩굴손이 담벼락 위로 힘
차게 기세를 올린다. 서로 경주를 하면서 골을 따라 빠르게 질주한
다. 각자의 삶의 방식은 지난한 여정으로 귀결되는 걸까. 산 초입에
가까이 가보니 눈부신 신록의 어린 잎새가 빗살에 겹겹이 부딪히며
심하게 몸서리친다. 낙엽송이 바람비에 한쪽으로 우우하고 쏠리면
서 거칠게 달려든다. 비 오는 날의 감상에 빠져 거닐다가 등산객 너

　　　　　　　여름이 내게 들어와 꽃이 되었다

댓 명이 크게 떠드는 소리에 움찔 놀라서 뒷걸음질치고 말았다. 골똘하게 생각하며 걷다가 사람을 만나면 소스라치게 놀란다. 잠잠하던 일상이 비바람에 흐트러져, 가붓하게 날리는 나뭇잎처럼 짐짓 허둥거린다. 잦아드는 빗소리를 친구삼아 공허함이 가득한 마음의 여백에 까마득한 과거를 소환해 온다. 아련한 첫사랑은 젊은 날의 꽃피는 청춘 그대로 멈춰있나 보다. 다시 만나도 순수했던 그때 그 미소로 다가올까. 잠시 좋아했다가 헤어져 다시 만날 수 없으매, 풋풋했던 그날들이 기억 저편의 산을 넘는다.

옛사랑의 추억은 언제나 황량한 가슴 언저리에서 맴돌다가, 드라마틱하게 만나게 된다면 바로 해피 엔딩으로 막을 내릴 수 있을까. 이루지 못한 사랑을 우연히 마주쳤을 때, 예전처럼 허심탄회하게 웃을 수 있을까. 헤어질 당시의 참담함이 상처로 남아있다면 오해가 이해로 넘어가기 쉽지 않을 것이다. 인연도 천륜처럼 끊을 수 없는 정이었을까. 나 자신보다 나를 더 아껴주던 한 사람. 고등학생 때부터 꽃반지를 끼워주며 살뜰히 대해주었고, 직장인이 된 후에도 변함없이 내 주변을 맴돌았다. 친구도 연인도 아닌 관계가 오래 지속되었다. 늦은 밤, 전화로 1시간 이상 따뜻한 웃음을 건네주던 사람. 대학 친구 오빠인 남편이 집요하게 끼어들면서 별리로 끝난 슬픈 사랑. 아니다. 돌이켜보니 잊지 못할 첫사랑이었다. 나중에는 루비 반지도 끼워주며 공들였던 사랑인데, 무심히 지나쳤다. 같은 나이였지만 생일이 늦다는 이유로, 그 당시엔 결혼 상대로 깊이 생각하지 않았다. 사랑의 완성은 무조건 좋아한다고 이루어지는 건 아니었다. 때늦은 미안함에 가슴이 저릿해졌다. 돌아서며 헤어지자는 비수 꽂는 말에, 긴 밤을 뒤척이며 얼마나 가슴 아파했을까. 사랑의 배신은 세상이 무너지는 슬픔이란 걸 젊은 나이에 겪은 그 사람. 지금은 행복하게 잘 살고 있을까. 긴 시간 알고 지내던 세월의 깊이만큼, 잊는 데도 시간이 오래 걸렸을 것이다. 깊은 상처가 되어 오래 미워하고 아파하지 않았을까.

오래도록 잊고 지내다가 퇴직한 이후 어느 날, 딸네 가려고 지하철을 탔다가 그만 낯모르는 사람과 얼굴이 마주쳤는데, 흠칫 놀라며 그 사람을 뉴런에서 소환했다.

'지금쯤 저렇게 희끗희끗한 중년의 모습이어서 길에서 만나도 몰라보겠네.' 하고 혼잣말을 하며 나를 진심으로 사랑해 준 사람이었는데, 왜 진즉에 못 알아봤을까. 자꾸 뇌리에 아스라이 스쳐 가며 한번 보고 싶다는 생각이 들었다. 우리 애들에게는 미안하지만. 그 사람 입장에서는 잔인하다는 느낌이 들 것이다. 버릴 때는 가차 없이 냉정하더니, 뜬금없다고 실소할지도 모르겠다. 그래서 인간은 이기적인 동물이라고 명명하지 않았던가. 그립다고 무조건 만날 수 있는 게 아니다. 인연이었다면 언젠가 극적으로 해후할 순간이 올지도 모르겠다. 진정한 사랑이란 어떤 모습인지 세월 간 뒤에 눈에 보이

여름이 내게 들어와 꽃이 되었다

니 늦어도 한참 늦었다. 오래 만나지 않았어도 보고 싶은 것은 순수했던 젊음이 미화되고 채색되어 마음에 남아있기 때문일까. 첫사랑이라 그런가. 돌다리를 건너는 심정으로 조심스럽게 두드려 보고 한 발씩 천천히 다가가는 게, 사랑이라는 걸 진즉에 알았더라면 좋았을 것을.

그는 대답해 줄까. 아니면 빙그레 웃고 넘어갈까.

"미안해요. 그때 매몰차게 말한 것을 지금도 후회해요. 좋은 말로 헤어졌으면 이렇게까지 가슴 아프지 않았을 텐데…….."

나를 보면 언제나 빙그레 웃기만 했다. 긴말은 안 해도 옆에 있으면 편해서 좋았다. 퇴근 후에 음악 감상도 자주 함께하곤 했다. 온종일 연구실에 있어도 모자랐을 천금 같은 시간이었지만, 내게 할애하는 데 인색하지 않았다. 집에 가면 밤새워 공부했겠지. 그땐 몰랐었지만. 일방적으로 받는 사랑은, 주는 사랑이 얼마나 인내하고 노심초사하면서 성심(誠心)을 다하는지 일도 모른다. 그 사람의 시간과 정성과 노력이 켜켜이 쌓여 이루어진 열정의 소산이란 걸. 사랑이 떠난 후에 가슴 치며 후회한들 공연한 푸념일 뿐이다. 어리석은 마음 또한 세월 따라 성숙하고 성장하는 것 아니겠는가.

어느새 여름비가 그치고 폭신한 산안개는 산허리를 에워싸며 신선놀음을 한다. 낮게 깔린 구름 사이로 잠깐 내민 파란 호수 닮은 하늘빛이 시리다 못해, 아린 상흔으로 다가왔다. 선택은 내가 했으니, 견디는 것은 내 몫이고 아픈 것도 내 탓이다. 항상 지나간 것은 후회하기 마련이다. 이적의 '걱정 말아요 그대'에 나오는 가사처럼, 지나간 것은 지나간 대로 의미 있는 것 아니겠는가. 여름비가 보슬보슬 내리는 날, 빨간 우산 속의 젊은 연인은 발그레 미소를 띠며 오고 가는 눈길이 사랑에 흠뻑 취했다. 젊은 날의 나와 마주 보는 젊은 청년의 옆모습은, 멀고 희미했다. 그립다. 그 시절. 아름다운 꿈이여! 그리고, 그대…….

여름이 내게 들어와 꽃이 되었다

여름이 내게 들어와 꽃이 되었다

여름이 달려왔다. 연둣빛 잎사
귀들이 초록을 매달고 싱싱한 아름다움을 햇발에 나부끼며 산야를
뒤덮었다. 눈여겨 두었던 혼자만의 안식처를 찾아 걸음을 재촉했다.
초록몽이던가. 전에 앉았던 물가 바위들이 눈앞에 펼쳐졌다. 이렇게
아름다운 세상이 매일 펼쳐지는 것을 한동안 외면하고 있었다. 한
발만 움직여 다가가면 자연은 다함 없이 이야기를 풀어놓는데, 스
스로 갇혀 지내며 대화를 외면하고 있었다. 오늘은 가물막이를 거
둔 내처럼 일시에 마음의 문을 열어젖혔다. 온통 철쭉으로 한창이
던 갯가 바위 주변이, 금가루를 뿌려놓은 듯 눈이 부셨다. 화사한 금
계국의 환호 속에 호젓한 내 자리 주변은 물색없이 노란 파도가 출
렁였다. 바위 위에 걸터앉으니 남부럽지 않은 나만의 세상이 전개되
고 있었다. 이 순간만큼은 주변의 산과 들은 오롯이 나의 차지였다.

벌들이 주변을 뱅뱅 돌았다. 하릴없는 나와 달리 그들은 양식을 모으기에 분주했다. 주변의 움직임도 크게 신경 쓰지 않았다. 관심조차 없었다. 제각기 할 일을 찾아다니며 국화꽃 속의 꽃가루에만 열중했다. 자연은 자기 방식대로 살아가는 미물들이 서로 조화롭게 어울려 살아가는 공동체라는 걸. 양쪽 발에 꽃가루를 타원형으로 돌돌 말아 잔뜩 얹은 꿀벌은 분주하게 꽃 속을 들락거리며 노란 금가루를 점점 부풀렸다. 바위 옆에 고사리들이 무리 지어 수런거렸다. 나름의 생존에 익숙한 듯 벌의 외면을 받아도 무심했다. 한쪽 구석에 손톱보다 작은 5개의 노란 잎이 가지런한 괭이밥이 앙증맞고 사랑스러운 눈길로 다가왔다. 키도 작고 여리여리해 보이지만 주어진 삶을 구축하느라 여념이 없었다. 살짝 숨어있는 노란 별 모양 양산 괴불주머니의 하늘거리는 모양새가 미끈했다. 자연의 선물이었다. 또 한쪽 구석에 작은 보라색 꽃망울 속 진보라색 방사형 술이 황금비율인 바디나물의 끈질긴 생명력 또한 옹골졌다. 조물주가 꽃을 창조하였을 때 색깔과 조화와 미적 요소까지 고려하였나 보다. 절묘하게 어우러졌다. 사이사이 쑥마저 진득하게 자라는 아늑한 천변의 숲은 다채롭고 넉넉한 어머니의 품처럼 여름을 가슴에 모다 얹었다. 혹시 밟을까 봐 조심스러웠다. 잔잔한 수면 위를 박차고 오르는 황금빛 배가 볼록한 붕어의 활약이 눈부셨다. 고기들이 수면 아래로 조용히 떠다니다가, 이따금 물결 사이로 파문을 일으키며 기척을 드러냈다. 한적한 고요가 주변을 에워싸며 물살을 따라 도는데, 하얀 나

여름이 내게 들어와 꽃이 되었다

비가 포르르 날갯짓하면서 초여름 낮의 어설픈 단잠을 깨우고 현실로 돌아왔다. 잔잔한 물결에 시선을 모으고, 앞으로 남은 생은 고즈넉한 내처럼 온유하고 구순하게 이어가는 삶이었으면 하는 바람뿐이었다.

천변 산책길을 걸었다. 보라색 별 모양의 톱풀이 선연하고 깜찍하기만 했다. 야생화가 특유의 고운 빛깔로 시선을 사로잡았다. 자연의 꽃 색채를 옷에 그대로 재현한다 한들 멋과 풍취를 그대로 나타낼 수 있을까. 가늘고 길며 노란 이파리를 사방으로 펼친 고들빼기도 정겹게 살랑거렸다. 눈부시게 흰 자태에 분홍 술의 절제미가 드러나는 듯한 잔디패랭이는 순수하고 기품이 넘쳤다. 꽃잎과 꽃술의 조화가 신비스럽고 절묘한 품이 신의 손길을 스쳤나 보다. 오묘한 색채의 향연에 눈과 발은 붙박이가 되어 도무지 자리를 뜰 수가 없었다. 해바라기를 닮아 노란 테를 겉에 두르고 진주홍 빛으로 화려하게 얼굴을 내민 기생초가 햇살을 닮아 눈부셨다. 하늘을 향해 구애하는 모습 또한 가상했다. 베이지색 고운 별을 뿌려놓은 듯한 한산 부추의 꾸미지 않은 아름다움 또한 순순했다. 근처에 강렬한 꽃 하나가 시선을 빼앗아, 순간이나마 숨이 멎을 뻔했다. 피처럼 붉은빛으로 도발한 고혹적인 여인 양귀비를 닮아 이름도 개양귀비다. 타는 듯한 진빨강 꽃잎 중앙에 옅은 노란색 왕관 모양의 술 주위를 돌아가며 진주홍 빛 가는 술이 촘촘하고 우아했다. 또 술을 에

위싼 네 개의 흰색 꽃잎 모양이 네 방향으로 후광처럼 고르게 펼쳐져 화려함의 극치를 이뤘다. 또 다른 진빨강 꽃잎 안의 흰색 씨방은 방사상으로 붉은 줄을 두르고 검은색 수술이 사방으로 보위(保衛)하며 뒤쪽에 펼쳐진 검은빛 네 꽃잎 무늬 또한 너무 고혹적이라서 감탄사가 절로 나왔다. 꽃 하나하나 생김새가 같은 듯 다른 구성 요소로 이루어져 있어서 살펴보는 재미 또한 쏠쏠했다. 개양귀비 꽃의 마력에 빠져서 한참 동안 헤어 나오지 못했다. 개양귀비는 매혹적인 여름의 신호탄을 쏘아 올리며 뜨거운 여심을 저격하고 있었다. 정열의 불타는 여름이 달려오고 있었다. 후미진 구석에 다소곳한 자세로 서있는, 금색 장방형 꽃술을 안고 희고 가냘픈 꽃잎으로 둥글게 수놓은 샤스타 데이지는 차분하고 순한 눈매로 다가와 꽃말처럼 만사를 인내하라고 말해주는 듯, 고개를 한들거렸다.

오르막 산책길을 거닐며 발견한 바위 사이에 고개를 내민 메꽃은 화사한 매력을 발산했다. 분홍빛 나팔 모양 꽃잎에 진분홍색 사선이 들어가며 안쪽의 분홍 꽃술이 아담했다. 아침에 배시시 눈뜨고 일어나 부지런한 하루를 열면서 위로를 건네주는 듯 담박함이 돋보였다. 조금 위에 자리한 바위 사이로 노랑 꽃잎 네 쪽이 반듯하고 녹색의 오똑 솟은 수술 위에 하얀 점 하나 얹은 애기똥풀이 귀여웠다. 앙증맞고 오동통한 아기천사가 하얀 점 위로 살며시 날아오를 것 같아 한참을 들여다보았다. 몇 걸음 더 내디디니 하얀 쌀을 몇 개씩 포개 얹은 이팝나무가 작작(嶹嶹)했다. 쌀들이 우수수 쏟아져 내릴 것 같아 손으로 받치려고 얼른 내밀었다. 설익은 여름빛이 신록 위에 낭랑(朗朗)하고 습벅습벅하던 여름 꽃들은 화려한 외출을 서둘렀다. 다리 위에서 아래쪽을 내려다보니, 인공폭포 근처 바위에 앉은 흰 고니 한 마리가 꿈쩍도 안 하고 물 쪽만 물끄러미 응시하고 있었다. 어디선가 날아온 작은 고니도 물가 바위 근처 물 위에 사뿐히 내려앉아 나른한 표정을 지었다. 바위 위에 앉은 고니와 달리 반대쪽을 바라보며 뾰로통해 보였다. 잠시 물 위에서 노닐던 흰 고니는 그새 싫증이 났는지 푸드덕거리며 날아올랐다. 바위에 앉아있던 고니도 함께 날아올랐다. 폭포 위 나무그늘로 내려앉아 서로 먹이 찾기에 여념이 없었다. 삶의 한순간도 허투루 보내지 않는다고 꽃들과 새와 물고기들은 우리에게 넌지시 알려주는 건 아닐까. 샛길 가까이 접어들면서 반갑게 맞이하는 라임나이트 수국을 한참 동안 들여다보았다. 하얀 5개의 꽃잎 안에 진노랑 꽃술은 은전했으며, 주변을 환하게 비추었다. 순수하고 신비한 자연과의 교유(交遊)는, 우리가 자연에 기대어 더부살이하는 존재라는 것을 각인시켜준 여름 한나절의 호사였다. 빛나는 여름을 위해 모질게 인내하고 꽃을 피운 야생화들에게서, 애정을 듬뿍 받아 더없는 웃음이 샘솟으며 행복했다. 하루해를 지우며 걷는 발자국마다 산뜻한 기쁨이 뒤따르고 있었다.

꽃들이 여름 속으로 달려간다. 여름이 내게 들어와 꽃이 되었다.

역사의 발자취 그 너머에는

                고려가 삼국을 통일하고 압록강과 두만강을 경계로 하여 그 위쪽의 광활한 고구려 땅이 모두 오랑캐들에게 넘어갔어도, 찾을 생각은 전혀 안 하고 정쟁에 몰두했던 사대부들이 한심했다. 신라가 아닌 고구려가 삼국통일을 했다면 우리의 영토는 만주 너머를 아우르며 얼마나 광대했을까. 아무리 외쳐도 이미 남의 손에 들어가 찬란했던 역사마저 왜곡 당하는 지경에 이르러, 누구를 탓한들 무슨 소용이 있을까. 고구려인의 드높았던 기상이 그립다. 예전 중국에서도 만주족이 세운 청나라에게 나라를 빼앗긴 명나라 사람들은 분루(憤淚)를 삼켰다. 속으로 삭이고 헛헛한 세월을 보내며, 달리 어찌할 방도는 없었다. 후세대가 미루어 짐작할 뿐이다.

    13세기 초 소빙하기 때 목초지대가 피폐해지자 비옥한 삶의 터

여름이 내게 들어와 꽃이 되었다

전이 필요했던 몽골의 칭기즈 칸은, 중국의 금나라를 평정하고 이슬람 제국마저 멸망시키며 멀리 유라시아 대륙을 제패하였다. 또, 북아프리카의 카이로까지 원정을 보냈으며, 손자 바투도 카잔과 키에프 등 서방의 도시를 공략하였다. 칭기즈 칸은 100만의 인구와 10만의 기병으로 30개국의 수억 명을 단숨에 지배했다. 단지 25년간이었지만. 한 세기 동안 유럽대륙을 뒤흔들었던 로마군과 비교는 안 되지만, 중앙아시아를 가로질러 교역과 상업을 일으킨 위대한 칸. 그는 침략 전쟁을 통하여 고원지대에 사는 척박한 환경에서 벗어나, 풍요로운 땅을 차지하고픈 욕망에서 자유롭지 못했다. 칭기즈 칸이 광활한 땅을 정복하고 군림하면서 느낀 감회는 남달랐을 것이다. 작금의 몽골인들은 칭기즈 칸의 화려한 일대기와 그가 이룬 웅장했던 제국에 대한 일말의 자부심을 안고 살아가고 있다. 모든 지폐에 칭기즈 칸이 들어가고 공항 이름 또한 칭기즈 칸이다. 전쟁의 신이라고 불리는 칭기즈 칸이 그들에게는 더없이 대단한 군주였다. 사후 칭기즈 칸의 무덤은 발견되지 않고 있는데 무덤을 완성하고, 그 위로 말 1,000마리를 달리게 했다는 뒷이야기가 전해진다. 칭기즈 칸을 매장하고 땅을 다진 800명의 기병들은 다른 병사들에게 죽임을 당하고 몇 번의 죽임을 반복하며 칭기즈 칸의 무덤은 역사 속에 파묻혔다고도 전한다. 후손들은 못 찾는 게 아니라 일부러 안 찾는다고 역설했다. 위대한 자는 상상 속에만 존재해도 좋다고 생각하는가 보다. 칭기즈 칸이 후세에게 남긴 교훈은 실로 지대하다. 자만은 겸

손을 이기지 못한다는 진리도 함께 남겼다.

"나의 소명이 중요했기에 나에게 주어진 의무도 무거웠소. 내가 사라진 뒤에도 세상에는 위대한 이름이 남게 될 것이오."

광해군은 명과 청 사이에서 실리외교 정책을 적절히 잘 구사하였다고 역사는 전한다. 국가의 운용을 잘하다가, 그만 왜곡되어 버린 그의 심사가 아쉬운 대목이다. 동생을 죽인 패륜아의 길만 걷지 않았다면 조선은 부흥의 길로 갔을 것이다. 붕당정치의 소용돌이를 피하지 못한 비운의 왕이었다. 마침내 인조가 반정에 성공하여 광해군을 유폐시켰다. 그러나 인조가 즉위한 후 사대부들의 친명배금 정책으로 만주족을 오랑캐라 업신여기며 청을 배제하다가, 청 태종 홍타이지의 침략으로 삼전도의 굴욕을 당했다. 광해군의 실리외교를 비슷하게 흉내만 내었던들, 역사에 남을 치욕을 당하지는 않았을 텐데……. 그리도 무능했을까. 반정의 도모를 통해 왕위에 오른 힘없는 왕의 나약했던 근시안적인 영도력에, 무참하게 도륙당한 백성들이 무슨 죄이랴. 백성들을 도성에 버려두고 홀로 도피해 잠시 정세를 모면하면, 모두가 안전하리라는 헛된 희망을 가진 어리석은 군주였다. 아들 소현세자는 인질로 청의 수도 심양에 잡혀갔지만, 청나라 고위인사와 교류하고 여러 정치적이며 경제적인 현안들을 잘 처리했다고 한다. 개화된 중국의 문물을 접하고 천주학 등 서양 교리에도 큰 관심을 보였다. 9년 만에 무사히 돌아왔는데, 바라보는 인조의 시선은 곱지 않았다. 옆에서 신하들과 후궁이 왕위를 노린다고 부추겼다. 결국 궁으로 귀환한 아들 소현세자는 두 달 만에 의문사하고 세자빈마저 임금의 수라상에 올린 전복구이에 독을 넣었다는 구실로 사약을 받았다. 그즈음 장안에 부덕이 자자한 부인이 있었다. 누군가 알아본 인조는 깜짝 놀랐다. 세자빈 간택 시 마음에 둔 처자였는데, 마구 소리 내어 웃고 손으로 음식을 집어먹는 경박스런 행동에 간택에서 제외시켰다. 그 부덕한 부인은 세자빈이 되면 목숨을 부지하기 어렵다는 사실을 미리 알고 있었던 건지도. 인조가 속았다고 탄식했다지만 영특한 처자임에 틀림없다. 소현세자가 즉위했다면 조선의 역사는 또 달라졌으리라 생각하면 너무나 아까운 재목감이었다. 뛰어난 인물은 단명한다는 속설에서 자유롭지 못하다. 시기하는 사람이 많으면 오래 버텨낼 수가 없다. 부왕인 임금이 시기한다면 살아있어도 죽은 목숨이다. 영조의 아들 사도세자 또한 정쟁의 희생물이었다. 본인의 자리를 위협하는 인재를 싹부터 잘라내려는 이기적인 욕망은, 세상이 바뀌어도 절대 바뀌지 않는 명제다. 피를 나눈 자식일지라도 그런 걸 보면.

6 · 25전쟁 개전 초기 1050년 7월 초. 경기 오산 죽미령에서 미군과 북한군이 격전을 벌였다고 한다. 미 지상군이 6 · 25전쟁에서 치른 첫 전투였다고 한다. 스미스 특수 임무 부대는 6시간 15분간의 교전 끝에 탱크 4대를 파괴했으나 미군 170여 명이 전사하고 일부

가 실종되는 큰 피해를 입었다. 한국군 전열의 재정비할 시간을 벌어주었다고 하니, 값진 희생이 아니었을까. 스미스 부대의 지연작전 덕분에 북한군의 강행군 일정은 차질을 빚었다고 한다. 이 부대를 이끌었던 당시 찰스 스미스 중령은 전쟁이 끝나고 1975년 7월이 되어서야 방한하여 무공훈장 중 최고인 태극무공훈장을 받았다. 그를 수소문한 유엔 참전국 협회장의 노력으로 수상하게 되었다. 그러나 그는 큰 훈장을 수상한 후 협회장을 찾아가 고백했다는 말이 가슴에 깊이 파고들었다.

"이 훈장은 내 것이 아닙니다. 전사한 전우들의 것이요, 한 위생병의 것입니다."

스미스 중령은 1950년 7월 5일 오후 2시에 후퇴 명령을 내렸는데 한 위생병이 손을 들더니

"저는 후퇴하지 않겠습니다. 이곳에 부상자가 있는데 버리고 갈 수 없습니다."

그는 큰 훈장을 받으면서 전장에서 스러져 간 위생병을 가장 먼저 떠올렸을 것이다. 신문 기사를 읽으면서 마음이 내내 울컥했다. 전쟁은 왜 죄 없는 사람의 목숨을 앗아가는가.

아버지는 전장의 한가운데에서 북한군에 맞서다가 다리 한쪽을 심하게 다치고 구출되어, 겨우 목숨을 건졌다. 1·4후퇴 때 하얀 군복을 입은 중공군이 꽹과리와 북과 피리를 연주하며 맨 앞에 도열

해서 전진하고, 그 뒤로 헤아릴 수 없이 몰려드는 중공군을 바라보며 소름이 돋았다고 했다. 북진하던 맥아더 장군이 기세를 조금만 더 올렸다면 남과 북으로 갈리는 비극은 없었을 것이라며 늘 안타까워하셨다.

"얘야, 군인들이 총을 쏘려고 영화에서처럼 일어서서 목표를 겨냥하다가는 총 쏘기도 전에 목숨을 죄다 잃어버리고 말걸. 실전에서는 고개를 숙이고 냅다 쏘기 때문에 복병전일 경우 아군과 적군 모두가 죽을 수 있지. 전쟁의 실상은 그런 거란다."

아버지가 허탈하게 웃으며 말하는 입가에 작은 경련이 일었던 기억만이 또렷하다. 영화에 나오는 람보처럼 상대방을 겨냥하여 얼굴을 들고 총 쏘는 모습은, 급박하게 돌아가는 전장(戰場)에서는 좀처럼 볼 수 없다는 사실을 알았다. 멋있게 보이기 위한 일종의 기만술일 뿐이고, 실전에서 그렇게 당당할 수가 없다는 것을 미리 알아버렸다. 아무리 용감한 군인이라 해도 죽음 앞에서 겁쟁이가 된다는 사실 또한 눈치챈 것이다. 어제는 현충일이었다. 아버지와의 아린 추억을 다시 끄집어내면서, 너무나 오래전 떠나셨기에 그리움마저도 희미해져 간다. 아버지만큼 나이 들어가는 딸을, 하늘에서 지켜보고 흐뭇한 미소를 짓고 계실까. 역사의 상흔은 면면히 이어져 흐른다. 전쟁과 역병으로 점철된 인간 역사의 수레바퀴는 계속해서 돌아가고 있다. 언제 끝낼지 모르는 불확실성을 안고서.

그립다 친구야

멀리 시선을 던진다. 하얗게 두른 구름 벌판 사이로 떠오르는 여고 시절이 목전에 슴벅거린다. 한번 만나보고 싶은 친구는 지금 잘 지내고 있는지, 기말시험 때는 밤을 새워 함께 공부하고 늘 스스럼없던 친구였는데……. 그리움이란 잊지 않고 깊이 간직하고 있던 기억의 샘이 절로 솟구치는 것이다. 이성뿐만 아니라 동성도 가슴 저리게 그리운 줄 예전엔 미처 몰랐다. 고등학교 3학년 때, 대전으로 옮겨간 아버지 직장을 따라 친구도, 나와의 우정을 서울에 두고 떠났다. 그 이후, 대전에 있는 대학교에 들어간 친구와 자연스럽게 소식이 뜸해졌다. 그리고 대학생 때 대전에 한번 놀러 갔던 일과 내가 근무하는 학교에 친구가 잠깐 들른 기억만이 맴을 돌고 있다. 내 아이가 어려서 친구 결혼식에 참석하지 못한 미안함이, 두고두고 가슴에 응어리진다. 잘 살고 있으려

여름이 내게 들어와 꽃이 되었다

니 하면서도 어떻게 변했을지 무척 궁금하고 그리움이 사무친다. 나처럼 중늙은이가 되어 걸음이 느려지고 있을까. 아니면 그때 그 모습 그대로 탄탄함을 유지하고 있을까.

친구도 자식을 여럿 두었을까. 나처럼 손주들을 거느린 할머니가 되었겠다. 나른한 오후인 지금쯤 차 한 잔을 마시며, 친구도 나를 그리워하고 있을까. 친구 남편의 성이 희귀한 성이니까, 대전 시내를 뒤지다 보면 찾을 수도 있겠다. 지금 이 순간은 그리운 마음을 그리운 대로 펼쳐보는 것이다. 만날 사람은 언젠가 만난다고 한다. 언젠가 다시 만날 수 있겠지. 가슴 아리게 그리운 사람이 있다는 것만으로도 헛되게 살아온 세월은 아닌가 보다.

'숙아! 내 가슴에 저릿하게 스며있어서 그리운 네가, 오늘따라 유난히 보고 싶다. 그리 넓은 땅도 아닌 핸드폰도 잘 터지는 도심에 살면서, 네 전화번호도 모르고 살아온 세월이 반백 년을 넘어서려 하고 있구나. 그리우면 그리운 대로 살아가겠지만, 어디로 가면 극적인 만남을 이룰 수 있을까. 아니면 내 편지를 읽고 먼빛으로라도 네 소식을 전해줄 수 있겠니? 네게 하고많은 이야기를 들려주고 싶은데……. 이 세상에서 속마음을 털어놓고 모두 토해낼 사람을 너 하나뿐이야. 그립다. 속 깊던 내 친구야. 부디 건강하게 살아라. 어느 날, 문득 너를 만난다면 감싸 안고 너무나 좋아서 기쁨의 환호성

을 지를 것만 같아. 늘 보고 싶은 친구야!'

그리움에 잠겨서 문득 서산을 바라보니, 산빛도 노을을 따라 발그레 젖어들었다. 묵묵히 제자리를 지키고 있는 하늘이 스쳐 가는 구름과 비와 바람과 눈과 조우를 하면서도, 그중에서 가슴 시리게 그리운 이야기 하나는 나처럼 가슴에 꼭 담아두고 있지 않을까. 우주선 보이저 1호가 태양계에서 600억km 떨어진 거리에서 촬영하여 보낸 영상에서, 지구는 한 점 푸르고 창백했다고 한다. 우주에서 지구는 한 점의 큰 의미가 없는 흔한 행성 중의 하나일 뿐이고, 그 속에 사는 인간 또한 더없이 초라한 존재일 뿐이고. 그럼에도 우리는 무엇을 바라며 사는가. 그리우면 그리운 대로 살아내야 하는 것이 우리네 숙명일지도 모른다. 지나간 여고 시절을 돌이켜보면, 내 옆에는 항상 그 친구가 있었다. 다시 만나면 쭈글쭈글한 외모에서 앳된 얼굴을 유추해 보곤 두 손을 맞잡고 놓지 않을 것 같다. 그리곤 예전의 풋풋했던 시절로 되돌아가 마음껏 회상하며 함께 웃어젖히지 않을까. 세상의 모든 풍파와 시련이 어느 정도 곰삭아져 내린 인생 후반기의 만남이기에, 마음 편히 지나간 아픔마저 담담히 털어놓을 수 있으리라. 보고픈 마음이 극적인 만남으로 이루어진다면, 그보다 좋은 일이 없으리라는 희망으로 또 하루를 보낸다.

'친구야, 꽁꽁 숨어있지 말고 내 곁으로 달려와 주지 않을래? 여고 시절처럼 풀을 빳빳이 맥인 하얀 깃 아래에 백선을 달고, 허리에

여름이 내게 들어와 꽃이 되었다

주름을 접어 단정하게 교복을 입고, 눈처럼 흰 운동화를 신고서, 광
화문 학교 가던 길을 따라 파안대소하며 휩쓸고 다녀 볼까. 우리가
자주 가던 떡볶이 집은 그대로 있을까. 학교 정원에 있던 튼실한 감
나무의 탐스러운 감은 그대로 열리고 있을까. 머리에 하얀 가루가
번쩍여도 살아온 훈장이므로 기죽지 말자. 눈가에 잔다란 주름으로
물결쳐도 살아온 내력이므로 당당하자. 보고 싶다. 친구야! 꼭 만나
자꾸나. 친구야! 더 늦기 전에. 내 친구야!'

　　그립고 더욱 그리워 가슴마저 절절해진다.

도망자에 얽힌 단상

독일을 대표하는 작가 하인리히 뵐의 단편인 〈도망자〉를 우연히 읽었다. 소설이 시작될 때 서스펜스적이고 쫄깃한 흥미를 유발했다. 도망자의 이미지는 흔히 나쁜 행동한 뒤에 어디론가 달아나는 탈주자를 상상하게 되지 않던가. 우리에게 영화로 각인된 '도망자'의 이미지는 죄를 짓고 도주하는 일탈로 몰아가지만 '도망자'가 정치범일 경우 이야기는 180도 달라진다. 적대적인 입장에 서면 살인범일 줄 몰라도 우호적인 입장에서 보면 독립군처럼 추앙받는다. 얼핏 안중근 의사를 떠올려도 될까. 안중근 의사는 뤼순 형무소에서 복역할 때, 적대적인 일본인 교도관들조차 의인으로 공경했다고 한다. 사람의 훌륭한 인품은, 적대국이라 해도 바라보는 잣대와 시선은 동일하다고 본다.

하인리히 뵐의 〈도망자〉는 '요세프'라는 정치범이 수용소를 탈

여름이 내게 들어와 꽃이 되었다

주하여 벌어진 하룻밤 동안의 행적을 예리하게 묘사한 작품이다. 주인공의 시선을 따라가며, 굴곡되어 있는 인간 심리의 변화하는 양상을 섬세한 필치로 그려냈다. 노벨상을 수상한 하인리히 뵐의 사후 발표된, 작가의 초기 작품이었지만 수준이 높은 걸작이었다. 시간의 흐름에 따른 도망자의 심리를 생생하게 파헤친, 거침없는 필력이 돋보였다. 어둠 속에 존재하는 풍경의 흐름 또한 일인칭의 시점에서 극한의 상황을 그대로 상세하게 묘사했다. 제삼자의 불안한 심리도 극적으로 구성하여 긴박감을 표출하였다. 〈도망자〉는 초기 작품이어도 작가의 타 작품에 비해 크게 손색이 없었다. 타고난 글솜씨로 문장을 군더더기 없이 깔끔하게 집필하는 역량을 발휘했다. 소설뿐만 아니라 문학의 다방면을 고루 섭렵하여 작품 활동을 왕성하게 펼친, 하인리히 뵐의 불굴의 의지에 찬사를 보낸다.

욕심만으로 글은 써지지 않는다. 독서를 통한 다방면의 지식을 탐구하며, 지적 충만감이 기초가 되어야 한다. 집필의 창조성은 저절로 탄생되는 것이 아니다. 사물을 바라보아도 다각도에서 심층적으로 연구하고 깊이 성찰하며 조심스럽게 접근해야 한다. 보통 사람의 눈으로 보이지 않는 영역까지, 꿰뚫어 보는 안목을 가졌다면 천부적인 재능을 가진 게 아닐까. 하인리히 뵐은 번역 작가로도 이름을 날렸다고 하니, 언어 능력 또한 무척 뛰어났다고 볼 수밖에. 〈도망자〉를 읽으면서도 번역자의 능력이 뛰어났음에도 불구하고, 앞뒤의 맥락이 석연치 않은 부분이 간혹 있었다. 얼핏 행간에 배어있는 의미의 서술 부분도 허술했다. 앞뒤 맥락을 잇는 적절한 언어로 매끄럽게 문장을 이어갔으면 더 좋았을 거라는 일말의 아쉬움이 있었다. 우리 작가들의 좋은 작품을 맛깔나게 번역하고, 작품의 의도를 온전하게 전달하는 능력을 갖춘 번역 작가가 더욱 많아진다면 얼마나 좋을까. 김유정 작가의 〈봄봄〉이나 김동인 작가의 〈배따라기〉 같은 토속적인 작품의 구수한 맛을 영어권 사람들에게 가장 한국적으로 감칠맛 나게 전달하는 번역 작가가 많이 배출되었으면 좋겠다.

글은 독자의 마음을 울리는 묵직한 감동을 주어야 한다. 정성을 다해 쓴 글도 독자가 읽기에 난해하거나 너무 시대를 앞질러간 글은 외면을 받는다. 그래도 해외에서 한국 작가의 낭보가 종종 전해져 온다. 소설과 시와 동화와 만화, 각 부문에서 좋은 작품을 멋지게 번역해 준 번역가 덕분에 수상의 영광을 누렸다. 한글로 구사하는 은유 및 의성어와 의태어의 구성지고 토속적인 감칠맛을 풍성하게 풀어내줄 번역 작가의 배출은 시대적인 요구가 되었다. 하인리히 뷜처럼 위대한 작가의 걸출한 작품이 많이 번역되어, 우리나라 작가의 작품이 지구촌 곳곳에 진열되면 좋겠다. 글의 구성을 현존하는 기법이 아닌 새로운 기법을 창출하여 기념비적인 작품을 써볼까나. 책을 손에서 놓지 않고, 고정된 글쓰기의 관념에서 과감히 탈피하여 〈도망자〉처럼 또 다른 멋진 작품을 기획해 볼까나. 기필코 해낼 수 있으리라.

여름이 내게 들어와 꽃이 되었다

가을로 가는 길목에서

        가을로 가는 길목에서 비가 차지게 내렸다. 구름도 산도 모두 안개 뒤에서 숨죽이며 본색을 드러내지 않았다. 나무의 청청한 빛도 퇴색하여 흐릿하니, 내리는 빗속에서는 모두가 조연이었다. 그러나 더위에 지쳐 몸살을 앓던 대지는 몸을 추스르며 다시 살아나고 있었다. 비는 더운 기운을 매몰차게 뿌리치며 숨 가쁘게 내달리는 여름에게 눈길 한 번 주지 않았다. 폭염에 내내 꽁꽁 닫아걸었던 창문을 오랜만에 활짝 열어젖히며, 차고 신선한 공기를 마음껏 들이마셨다. 자연은 신비하게 한 계절이 지겹다고 느낄 즈음 손 바뀜을 하면서, 눈에 들어오는 풍경조차도 작은 변화가 느껴지며 마음이 설레곤 한다. 살아가는 이유이기도 하다. 우리나라 기후가 1년 내내 여름이거나 겨울이 계속된다면 얼마나 지루하고 답답할까. 그래도 겨울이 긴 핀란드 사람들은 3개월 정도의 여름을 꽤나 알차게 보낸다고 한다. 3개월 동안 늘 낮인 관계로 식물은 쑥쑥 자라서 북반구에 사는 사람들이, 수확의 기쁨에 잠시 숨을 고를 수 있다니 다행이지 않은가. 우리나라는 사계절을 누릴 수 있는 지구 중위권에 위치하여 그나마 축복이다. 넉넉한 삶이 별건가. 무더위에 맥이 다 빠질 즈음에 슬며시 다가오는 한 줄기 선선한 바람이 기운을 북돋워 주고, 입가에 절로 웃음이 감도는 이유를 자연이 아니면 설명할 방법이 있을까. 계절은 떠나고 또 다른 계절이 오는데, 불어오는 바람은 매번 같지 않았다. 어제의 내가 오늘의 내가 될 수 없듯이, 자연도 시시각각 자신의 모습을 새롭게 하며 달려가는 게 아니었을까.

젊었던 어느 한 날의 버스정류장 앞 풍경이 시야에 펼쳐졌다. 예전의 버스 정류장은 연인들이 어렵게 만나고 쉽게 헤어지는 장소였다. 퇴근시각에 정류장으로 가보면 남자친구는 정류장 팻말 뒤에 단정한 차림으로 늘 기다리고 있었다. 버스에 함께 올라타며 두 사람 이외에는, 아무것도 눈에 들어오지도 귀에 들려오지도 않았다. 젊음의 변주곡이 연주되듯이, 서서히 타오르는 불꽃 같은 사랑이었다. 다른 것은 보이지도 생각조차 하지 않는 둘만의, 둘만을 위한 시간이었다. 버스를 타고 조금만 나가면 한적한 오솔길과 아름다운 숲길이 도처에 널려있었다. 그때는 1970년대 후반에는. 그래서 둘이 걷는 숲길은 한 폭의 수채화였다. 가식도 없는 순수함 그 자체였다고

188   여름이 내게 들어와 꽃이 되었다

나 할까. 그 당시 젊은이들의 연애사를 들어보면 모두가 시인이었던 것을. 사랑에 빠지면 산과 들이 청록 산수화처럼 그윽하게 펼쳐지고, 삶도 아름답게 채색되어 거칠 것이 없어 보였다. 우리의 사랑은 영원할 줄 알았다. 영화관이나 카페에 들어가도 둘만의 세상이었다. 옆에 나란히 앉아서 서로의 동공 속을 비집고 들어갔다. 누구도 끼어들지 못하고 누구도 대신할 수 없는 젊은 두 사람의 사랑은 열병처럼 뜨겁게 활활 타올랐다. 인생의 황금기였다. 서로의 눈길만 맞닿아도 까르르 웃음이 터져 나왔다. 가을비 내리면 우산 하나도 넓었다. 뜨겁게 감싸 안고 걸어서인지 찬바람이 들어올 공간은 없었다. 차가운 비가 뜨거운 땀으로 번져 흘렀다.

"나를 얼마큼 사랑하는지, 말해줄 수 있어?"
"응, 이 세상 모두를 다 준다 해도 너랑은 안 바꿔."
"그리고, 나중에 꼭 결혼하자. 그리고 하와이 와이키키 해변으로 신혼여행을 떠나자. 너랑 함께라면 나는 지구 끝까지도 갈 수 있어. 너를 위해서라면."

우리의 사랑은 여느 젊은이와 다름없이 열렬했다. 다른 사람이 끼어들기 전까지는.

그렇게 뜨겁던 첫사랑이 다시 소환되었다. 다시 돌아간다면 더 뜨겁게 사랑할 자신이 있을까. 헤어지자고 매몰차게 말하고 뒤돌아서지 않았다면 늦도록 후회하지 않았을 텐데……. 버스는 떠났다. 사랑도 떠나보냈다. 젊음도 덩달아 시들어 버렸다. 한 사람의 가슴에 대못을 박고 나는 그 후에 행복했을까. 예쁜 내 두 아이를 빼놓고 나면, 그 사람에 대한 미안함에 가슴이 저려온다. 남의 가슴을 아프게 할 권리는 없었다. 나 또한 그 후유증이 뒤늦게 찾아와서 가슴을 쥐어뜯도록 아팠으니까. 죄는 준 만큼 제대로 돌려받는 모양이다. 아니, 나중에 드는 후회가 더 가슴을 시리게 하는 건 아닐까.

하늘은 푸른 속살을 감추고 폭신폭신한 양털로 온몸을 두른 채, 덥지도 않은지 그저 편안해 보인다. 가을장마가 흩뿌리기 전의 고요를 즐기는 양, 하늘의 기색은 그야말로 무덤덤하다. 그리고 보니, 꿉꿉한 기운이 주변을 맴돌며 공기마저 축축했다. 장마가 지나가면 새벽에 제법 찬 이슬이 내릴 것이다. 국화가 한 뼘 몸집을 키우는 가을의 시간이 오고 있다. 한낮의 따끈한 열기에도 추수하는 농부의 굵은 땀방울은 싱싱할 것이다. 자연은 늘 음양의 조화를 이루며 견뎌왔으니까. 모처럼 과거로 돌아가서 뜨거운 젊음을 소환해 왔지만 마음은 더 아파왔다. 결실은 쉽게 이뤄지는 게 아니었음을. 자신이 생각하는 대로 흘러가는 만만한 세상은 결코 아니었다. 매사에 부족하고 미진했던 예전의 행동은 뒤돌아보면 아쉬움만 가득 남을 뿐이다. 완벽한 인간은 없겠지만 좀 더 신중해야 했다. 젊음은 늘 실패의

여름이 내게 들어와 꽃이 되었다

연속이었다. 처음에는 시행착오겠지만 계속되면 습관이다. 올곧은 신념도 반복하면 아집이 될 뿐이다. 호된 실패의 경험 뒤에 오는 좌절도 세월이 가면서 극복되었다. '젊음이 반드시 아름다움을 수반하지만은 않는다.' 라는 사실을 깨닫고 나니, 젊은 시절은 저만치 지나가 버렸다.

　미완의 삶 속에서 더 나은 미래를 꿈꾸는 평범한 행복이야말로 아름다운 건 아닐는지. 가을로 가는 길목에서 무뎌지는 여름을 더는 붙잡지 못하고, 불꽃처럼 타오르던 청춘을 소환해 왔다. 여름의 끝자락에 기대어 무지 센티멘털해졌다가, 젊음의 낭만을 회상해 보는 것만으로도 빈 가슴을 오롯이 채워주었다. 어느새 매미가 잠자리에 들 시간. 거리를 휩쓸고 지나가는 기계적인 소음만 요란할 뿐, 매미 소리가 둔탁해져 간다. 하루의 삶은 시차를 두고 점점이 저물고 있다. 매미처럼. 목말랐던 하루도 여운을 남기고 점점이 사그라지나 보다. 미수(米壽)를 지난 노인의 해탈한 웃음처럼. 행복마저 석양에 저무는 모양이다. 서산마루에 깃들어 오늘을 갈무리하는 감빛 노을처럼. 그럼에도 가을빛은 가을이 오는 길목에서 오래도록 청량(清涼)할 수 있을까.

아픈 건 사랑이 아니었음을

　　　　　　　　제멋에 겨워 춤추는 붉은 이파리들이 만개한 가을 언저리에 고추잠자리가 숨었습니다. 하늘은 잿빛으로 흐려졌지만, 제 마음속에 안개꽃처럼 이는 사랑 노래는 하늘빛과 무관합니다. 오랜만에 창 너머로 들려온 아이들의 함성은 가을의 끝자락에서 생명의 힘을 보태주는지도 모릅니다. 가을걷이를 하는 언덕에서 바라본 대지의 물결은 아름답고 다채롭기 그지없습니다. 바라보고만 있어도 행복합니다. 문득 길을 나섰습니다. 가을이 빗장을 열고 얼마 지나지 않았는데, 서둘러 겨울을 채비하려는 몸짓인 양 휑한 거리의 표정이 을씨년스럽습니다. 커다란 이파리들이 황토 빛으로 얼룩진 제 몸을 어쩌지도 못한 채, 매몰찬 바람결 따라 나부끼며 우수에 젖은 몸으로 통곡합니다. 일부는 잗다란 잡풀 위에 내려앉아 가쁜 숨을 고르느라 지쳐 보입니다. 얼마 전까지도 햇살

　　　　　　　여름이 내게 들어와 꽃이 되었다

을 받는 성성한 몸체로, 당당하게 가지마다 매달려 있었지요. 하지만 바람의 기색에 화들짝 놀란 가슴을 꽁꽁 사리지도 않습니다. 겨우내 나무가 기운을 북돋울 수 있게 자신을 내버린 낙엽들처럼 보살 같은 뜨거움을 우리는 가졌는지요. 담벼락을 타고 오르던 나팔꽃의 덩굴은 퇴락하여 왕성했던 여름의 흔적만이 뒤틀린 형색으로 남아있습니다. 퇴기처럼 무너져 내린 젊음을 아련히 회상하며 슬퍼 보입니다. 해맑고 부지런한 예쁨을 간직하고 있던 찰나의 순간을 기억하며 내일을 기약합니다. 앞으로 한 달 남짓 부여된 소명 속에 나무의 정수리부터 붉은 선혈로 또 노란 붓으로 터치하며 흘러내린, 각색(各色)의 향연은 매양 눈부실 것입니다. 지고지순한 낙엽의 때깔을 눈에 담으며 그윽한 가을의 서정을 맹물로도 마음껏 취할 수 있어 좋습니다. 떠나는 가을의 소매를 붙잡고 그리운 이에게 소식 하나를 꼭 전해달라고 하소하렵니다.

천변으로 나가니 일년생 초목들을 갈아엎은 자국만이 절절하여 보는 내내 시리고 아팠습니다. 초목이 떠나간 빈자리엔 찬바람과 된서리가 종종 채워주며 움츠린 가슴에 힘을 보태줄까요. 몇 달을 살아내려고 아등바등 힘을 모았던 잡초들의 삶은, 먼 우주에서 바라보면 한 점인 지구에서 티끌보다 못한 우리네 삶과 별반 다를 바 없으니까요. 흔적도 없이 스러져간 초목들은 우리의 흘러가는 인생과 많이 닮았습니다. 전성기를 누릴 때는 다음에 닥쳐올 내리막을 염두에 두지 않습니다. 내일 죽을 줄을 아는 사람이 오늘 평정심을 유지할 수 없으니까요. 일년생 초목들도 화려한 꽃을 피우며 오늘의 삶을 후회 없이 보내려고 피나는 노력을 했었겠지요. 간간이 꽃피운 과꽃은 아직도 제자리를 지키고 있었습니다. 마지막 삶의 불꽃을 태우며 홀로 자리를 지키고 서있는 핏빛의 자태가 비장해 보였습니다. 잡초들이 이루지 못한 삶의 회한을 끌어안고, 자신의 힘만으로 가을의 흔적을 못내 지키려 애쓰고 있습니다. 그러나 수십 년을 살아본 결과 조금은 짐작할 수 있습니다. 아픈 건 사랑이 아니었음을. 떠나도 흔적이 없어야 남은 사람이 힘들지 않습니다. 행복했던 기억만 남겨놓고 떠난다면 좋으련만. 세상일이 어디 그리 녹록하답니까. 모진 풍파를 겪지 않고 산 사람과 초목이 얼마나 되는지요. 아마 그 수를 세어볼 수 있지 않을까요. 시련을 겪고 나면 누구나 단단해지는 것 아니었나요. 아마 일년생 초목이 생을 다했어도 깊은 땅속에 남겨진 뿌리는 숨죽이고 인내하며 잠을 청하다가, 내년에 또 꽃피울 준비로 겨우내 꿈자리가 설레지 않을까요.

행인들의 걸음도 지난여름처럼 가볍지만은 않습니다. 여름보다 겨울의 기근이 더 무섭습니다. 사랑도 물질 앞에서는 약자일 때가 종종 있습니다. 굶고 있는데 사랑을 갈구할 수는 없는 거니까요. 예전에 본 유럽 영화 중에서 여자 주인공인 엘비라 마디간의 모습이 오버랩 됩니다. 탈영병이며 유부남인 식스틴과 사랑에 빠지는 엘비라. 경제적 어려움을 겪으면서도 둘의 사랑은 굳건했으나, 점차 배

여름이 내게 들어와 꽃이 되었다

고픔이 일상이 되고 조여오는 압박감에서 갈 곳을 잃은 식스틴은 최후의 선택을 하게 되지요. 엘비라가 나무 열매를 따 먹는 순간에 울리는 총성에서, 그들의 사랑은 비극적인 결말로 치닫습니다. 실화를 바탕으로 각색한 영화라 더욱 가슴 저리게 파고들었습니다. 현실적으로 남아있는 아내와 아이에게는 평생 씻을 수 없는 상흔이 되었겠지요. 둘의 사랑은 감미롭고 아름답고 슬프지만, 누군가 살을 에는 듯 아팠다면 그건 사랑이 아니지요. 아픈 건 사랑이 아니었음을. 상처를 주는 사랑은 사랑이 아닌 것 맞지 않나요. 그러나 세상은 생각대로 흘러가지 않습니다. 사랑 때문에 살고 죽는 이야기는 로미오와 줄리엣처럼 고전일 수도 있겠지만, 현재도 사랑 때문에 많은 이들이 기뻐하고 절망하고 있지 않은가요. 그러나 인연은 어쩔 수 없나 봅니다. 잊으려 해도 떠나려 해도 이어지는 사랑은 결국에 인정하는 것 아니었나요. 사람의 마음이란 마음먹은 대로 흘러가는 건 아니기에, 인위적인 제도의 틀을 벗어나면 상식을 벗어나는 일도 많을 거예요. 그렇지만 위험한 사랑의 정의는 도덕적인 선 위에서 줄타기를 하는 인간 본성의 표출이라고 보는 시선도 존재하지요. 순수한 사랑을 갈구한다 하여도 사랑의 진행과 결말을 보면, 진정한 사랑인지 아닌지를 판가름할 수 있는 거지요. 상대방의 마음을 아프게 하는 건, 사랑이 아니라고 단언해도 될지 모르겠네요.

황혼에 다다른 나이가 되어서야 사람의 진심이 들여다보입니다. 그래도 물건을 사거나 할 때 잘 속는 건 여전합니다. 그러나 천변에 나서보면 자연이 선사하는 진심은 늘 변함없이 외곬이지요. 잔잔한 물결의 흐름을 거슬러 올라가려고 애쓰는 붕어 1마리가 눈에 들어왔습니다. 제 주장이 강하고 친구들에게 힘을 과시하며 열정을 표출하는 행위일까요. 아니면 상류 쪽에 먹이사슬이 풍부해서 거슬러 오르는 것일 수도 있지요. 차가운 물 위에서 청둥오리 가족은 늘 한가롭게 보입니다. 항상 주둥이를 물속에 가두고 무언가 열심히 찾고 있습니다. 삶의 희망은 오로지 물속의 먹이에만 집중하고 사는, 그네들의 한가한 삶이 부럽기도 합니다. 겉으로 보기에 평온하지만 삶의 주도권을 차지하기 위해 치열하게 살아왔는지도 모릅니다. 평온해 보이는 모습과는 달리 물밑에서는 끝없이 두 다리로 저어야 물 위에 뜰 수 있다는 진리를, 우리는 애써 모른척합니다. 사시들이 많아진 세상입니다. 보고 싶은 것만 가려 보고 자기의 생각만이 옳다고 주장하는 사람에게 해줄 말이 많지 않습니다. 더불어 살아가던 민족성이 마스크 속으로 모두 숨어버려 소멸되고 있는지도 모릅니다. 남을 아프게 하면 그건 사랑이 아닙니다. 주변 사람을 믿고 많이 좋아했습니다. 그러나 보증을 서주고 떠안은 빚만 덩그러니 남았을 때, 늦은 후회는 소용이 없었지요. 사람에 대한 신뢰는 신의를 바탕으로 하지만 세상이 매우 수상합니다. 어제의 동지가 오늘의 적이 되고 또 내일은 어떻게 될지 아무도 모릅니다. 천변의 과꽃이 웃으며 대답합니다. 그냥 꽃을 보고 웃으라고 말합니다. 사심 없이 바라볼 수 있는 세상은 요원할까요. 내 아이들이 살아갈 건강한 세상

여름이 내게 들어와 꽃이 되었다

은 유지되고 있는 건가요. 먼 후대에 이르러 선대를 어떻게 비평할지 몰라 조신하게 언행을 삼간다면, 현실에서 무가치한 독설은 난무하지 않을 거예요. 단지 현재를 즐기는 사람만이 할 행동을 많이들 합니다. 쓸쓸한 가을의 풍경을 먼발치에서 바라보다, 금방 서산으로 기우는 해를 붙잡지 못하였습니다. 사람들의 행태를 이해하지 못해 눈 붉히며 슬퍼하던 해는 재빨리 산등성이 뒤로 숨어버렸습니다. 이따금 가는 해장국 집의 주인아주머니는 빈 의자에 깊숙이 앉아, 지나가는 행인에게 의미 없는 시선을 던지고 있습니다. 주머니 속 쌈짓돈으로 저녁 한 끼 해결하려다 빵 한 쪽만 덜렁 사들고, 어두워진 밤거리의 가로등을 지표 삼아 무심히 발길을 돌립니다. 추위에도 아랑곳없이 꿋꿋한 전나무에게도 일별을 합니다. 더운 여름의 끈질겼던 장마를, 무사히 견디고 잘 살아주어 고맙다는 귀엣말을 건넵니다. 아픈 건 사랑이 아니었다고 추신도 보냅니다.

V.

겨울 이야기

떠났다 도시에서

비바람이 거세게 불었다. 나는 바바리 옷깃을 세우며 검은 우산을 곧게 펴고 바삐 걸음을 옮겼다. 넓은 어깨 위로 떨어지는 빗방울은 떨어지기 무섭게 또르르 굴렀다. 깊은 생각에 빠져 코트가 흠뻑 젖는 것도 의식하지 못하고 걷다가, 다가오는 행인과 우산이 서로 부딪치며 몸이 휘청거렸다. 이 거리를 빨리 벗어나야 한다는 생각이 들었다. 어딘가에서 누군가 일거수일투족을 감시하고 있을지도 모른다는 생각에 머리끝이 주뼛거렸다. 말단 사원에서 시작하여 귀밑머리가 희끗해지는 나이가 되어서야 부장으로 승진하였다. 더 열심히 뛰다보면 임원으로 발탁될 수 있다는 가느다란 희망도 가졌었다. 단지 바람일 뿐이지만. 그런데 요즘 사무실 기류가 이상하게 흘러가고 있었다. 누구라고 지칭하지는 않지만 회사 기밀을 빼돌렸다는 소문이 빠르게 전파되고 있었다. 직원들이 눈길을 피하며 내 앞에서 말을 아꼈다. 말이 안 되었다. 공장 부지를 확보하기 위해 중국으로 4박 5일 출장 갔다 온 게 전부인데 억울함이 치밀었다. 누가 어떤 부분을 기밀누설이라고 작정하고 회사 간부에게 전했는지 모르지만 기억에 없었다.

시안에서 만난 중국 고위 공무원은 부지 임대와 공장 부설 서류의 통과를 위해 친절하게 안내해 주고 적절한 지원을 해주었다. 얼마 안 있어서 시장의 승인이 떨어지고 공장 부지가 확보되었다. 중국의 담당 공무원에게 감사한다는 의미로 저녁을 함께하면서 술 한 잔을 나눈 기억밖에 없는데 도무지 이해가 되지 않았다. 설사 누가 어떤 근거를 가지고 범법자로 얽어매었는지 모르지만, 자신은 법의 테두리를 벗어난 적이 없었다. 본인은 배포가 크지도 못하고 맡은 책무는 곰처럼 뚝심 있게 밀고 나가는 성격의 소유자라는 생각만이 틀림없었다. 같이 출장을 떠난 회계부서의 이범진 과장은 나를 무척 따랐다. 중국어에 능통하고 필요한 인프라와 규제 및 법령에도 밝아 중국 공무원에게 무리하지 않는 선에서 주문하는 것을 놓치지 않았다. 제출 서류 또한 꼼꼼히 준비하여 나의 든든한 오른팔이 되어주었다. 학교 후배이기도 했지만 일 처리가 합리적인 내 뒤를 잘 따르겠다는 말도 평소에 공언했었다. 중간에 서류를 어디로 빼돌려 이윤을 추구하는 저급한 행태는 내 성격과의 거리가 멀었다. 성격이 무던하고 평소에 말수 적은 이 과장은 아닐 거라고 머리를 설레설레 흔들었다. 세찬 비바람에 구두까지 젖은 채, 방향조차 가늠하지 못

여름이 내게 들어와 꽃이 되었다

하고 무작정 비를 맞고 걸었다.

　대학을 졸업하고 바로 입사해서 영업사원으로서, 발품을 팔면서
활로를 개척하는 데 젊음을 쏟아부었다. 아내와 자식인 상희의 얼굴
이 오버랩 되었다. 상희가 태어나던 날, 나는 대전으로 출장을 가있
었다. 상희가 태어나는 순간을 함께하지 못 한 미안함을 늘 갖고 있
었다. 그러나 이건 아니다. 아내와 자식이 모두 나만 바라보고 바라
며 살고 있는데, 앞으로 어떻게 살아가야 할지 그저 막막할 뿐이었
다. 아내와 상희가 기다리고 있는 집이 저 멀리 가로등을 뚫고 안개
속에 그 윤곽을 희미하게 드러냈다. 처음으로 장만한 우리 집이어서
애정이 남달랐던 나와 가족은, 행복이 늘 곁에서 함께한다고 믿었
다. 오늘 이전까지는.

　나는 큰길에서 꺾어지는 길모퉁이에 서있는 허름한 공중전화 박
스를 발견하고 누가 볼세라 잽싸게 뛰어들어갔다. 후배인 이범진 과
장의 전화번호를 뒤적거리는 손이 마구 떨렸다. 신호음이 한참 동안
울렸다. 이윽고 전화를 받는 이 과장의 목소리는 마르고 가라앉아
있었다.

　- 부장님, 무슨 일 있으십니까?
　- 아니, 이 과장! 그냥 안부나 전하려고 걸었는데.

- 회사에 돌고 있는 소문이 혹시 진실이라고 믿고 계신 건가요?
- 이 과장, 나는 자네를 믿네. 헛소문일 거라 생각하면서도 그냥 속상해서 전화 걸었어. 믿을 사람이 이 과장밖에 없더라고…….
- 부장님, 밤이 늦었으니 내일 만나서 이야기하도록 하고 오늘은 그만 편히 쉬십시오.
- 오, 그래! 이 과장, 가족들과 함께 있는 시간을 방해해서 미안해. 그럼…….

나는 이범진 과장을 믿었다. 묵직한 외모만큼 믿음성이 가는 후배를 의심하는 자신이 미욱하기조차 했다. 의혹의 눈빛을 보내는 순간 서로의 신의는 깨지는 것이다. 가족이 아닌 이상 사회생활에서 금기시되는, 상대방을 믿지 못하면 바로 거래는 칼처럼 끊어지게 되어있다. 같은 회사에서 일하는 사이라면 앞으로 껄끄러워질 게 불 보듯 뻔한 사실이었다. 어둔 잿빛으로 낮게 깔린 하늘가를 살며시 올려다보았다. 간절했다. 절망에 빠진 마음을 추슬러야 했다. 비가 그친 뒤, 검은 어둠을 몰아내고 하얀 불빛이 밀려오는 거리에서 도망치듯이 빠져나와, 나는 어둑한 골목을 찾아 정처 없이 걸음을 옮겼다.

집이 지척에 있는데도 계속 주변을 맴돌았다. 집에 들어가서 아무것도 모르고 반길 아내와 상희에게 면목이 없었다. 혹시 회사에서 쫓겨나듯 나오게 되면 앞으로 어떻게 살아갈지 그저 막막하기만 했

여름이 내게 들어와 꽃이 되었다

다. 아내의 푸근한 얼굴과 상희의 귀여운 미소가 오버랩 되며 발길은 더욱 집에서 멀어지고 있었다. 집이 아니면 딱히 갈 데도 없었다. 가족들과 함께하는 시간에 마음 놓고 불러낼 가까운 친구도 별로 없었다. 이 나이 먹도록 이루어 놓은 자산도 변변한 친구도 없는 자신이 불쌍해졌다. 회사를 위해 열심히 일하고 열정을 불사르면 행복이 손에 잡힐 거라는 막연한 상상을 해왔는데, 미몽이었다는 생각이 들면서 배반감에 치를 떨었다.

어둠이 내려앉은 동네 공원은 인적도 끊긴 채, 외로운 바람을 친구삼아 촉촉이 젖은 나무들과 야생화들이 사붓대며 흔들거렸다. 젖은 그네를 손수건으로 닦아내고 가만히 앉았다. 지나간 시간을 복기해 보기로 했다. 천천히 시간을 돌이켜 보면 반드시 구멍은 보이기 마련이다. 사장과 사사건건 부딪치고 있는 전 상무가 소환되었다. 전 상무는 사장의 사촌 동생이다. 살집이 좋고 강건해 보이는 이미지가 센 사람이었다. 호리호리하고 귀공자 타입의 사장과는 거리가 멀었다. 전 상무가 자기편 사람을 은밀하게 모으는 중이라는 풍문도, 사내에 은근히 돌았다. 무리를 이끄는 통솔력이 전 상무가 사장보다 훨씬 뛰어나다는 것을 사원들도 모두 인정하고 있었다. 간부회의에서 의결된 사안을 힘있게 밀고 나가는 것은 언제나 전 상무의 몫이었기 때문이다. 사장은 뒤로 한발 물러서서, 전 상무의 집약된 보고서로 여러 가지 난제를 종종 극복했다. 그래서인지 전 상무는 전돌격이라는 별칭으로 불렸다. 이번 사안만 하더라도 전 상무는 자기편 사람인 오상근 부장을 천거했다. 그러나 사장은 말단 사원부터 시작하여 성실하게 근무하는 나를 지목하고 믿고 맡겼다. 전 상무의 의견을 마다하고. 거기서부터 일의 사달은 시작되었던 걸까. 전 상무는 은근히 나를 사장 파로 인식하고 은근히 밀어내려는 수작이라고 봐도 될까. 아니면 혹시 이범진 과장에게 승진을 약속하는 대신 나를 제거하려는 밀당에 끌어들였던 걸까. 머릿속의 셈은 복잡해졌다. 내일은 출근하자마자 사장과의 면담을 신청해야겠다고 굳게 다짐하고, 저린 발을 절룩이며 일어서서 천천히 한 걸음씩 내디뎠다.

집 가까이 왔을 때 안도의 눈물이 나왔다. 다른 집보다도 환한 불빛은 아내와 상희가 나를 간절히 기다리고 있다는 표시였을까. 나는 현관으로 올라가면서 마음을 다잡았다. 반드시 난관을 헤쳐 나가겠다고 다짐했다. 아내와 상희의 삶은 나의 두 어깨에 달려있었다. 책임감이 휘몰아쳐 왔다. 절대 물러서지 않을 것이다. 나는 아내와 상희에게 든든한 남편이자 아버지이고 싶었다. 나는 힘차게 벨을 눌렀다. 아내가 살짝 눈을 흘기며 현관문을 활짝 열었다. 상희가 달려와서 나의 목을 끌어안고 떨어지지 않았다.

- 당신, 퇴근 시간이 한참이나 지나도 오지 않아 괜한 걱정만 하고 있었
  잖아요.

여름이 내게 들어와 꽃이 되었다

- 아빠, 오늘 모처럼 저녁 같이 먹으려고 기다리고 있었는데, 배가 너무
  고파요.
- 음, 미안해. 상희야, 아빠 얼른 옷 갈아입고 올게.

화장실로 들어간 나의 두 눈에서 굵은 눈물이 쏟아져 내렸다. 내일 어떤 일이 벌어지더라도 당황하지 않을 것이다. 나의 목적은 분명해졌다. 아내와 상희를 지키기 위해서 정정당당한 방어를 할 것이라고 다시 한번 주먹을 불끈 쥐며 맹세하였다.

이튿날, 회사에 출근한 나에게 즉시 사장실에서 호출한다는 연락이 왔다. 사장 면담을 준비하던 나에게 자신을 변호할 호기회였다. 주변에 있던 동료들이 겉으론 무심한 듯했지만, 사장실로 향하는 나의 뒷모습을 일제히 주시했다.

- 고 부장, 안색이 별로 좋지 않은데 어디 아프기라도 한 건가.
- 사장님, 아닙니다. 그저 잠을 좀 설쳤을 뿐입니다, 괜찮습니다.
- 내가 고 부장을 부른 이유에 대해 고 부장도 짐작은 하고 있을 거야.
- 네, 요즘 회사 내에 흉흉한 소문이 돈다고 하는데 제가 혹시 연루되
  어 있습니까?
- 응, 별거 아니야. 실체도 없는 뜬소문이라 크게 개의치 말게. 소문의
  최초 발설자를 찾고 있으니까. 아마 곧 전면이 드러날 걸세.

- 사장님, 저를 믿고 계신 것을 알고 저도 절차적으로 하자가 없게 잘 처리한 일이라 걱정하지 않았습니다. 근데 요즘 사실 회사에 출근하기가 버거운 것도 사실입니다.
- 고 부장, 나와 처음부터 고생하며 회사를 일으켜 세운 공신이 자네 아닌가. 자네의 대쪽 같은 성품 또한 익히 알고 있으니, 이참에 휴가를 내고 가족들과 여행을 다녀오게나.

사장실을 나오면서 나도 모르게 물밑에서 진행되는 작업이 무언지 실체가 잡히지는 않지만, 일단은 사장의 의중으로 보아 꼬여진 실타래가 풀릴 기미는 있었다. 그러나 앞일은 누구도 장담할 수 없었다.

나는 예정에도 없던 휴가를 받았다. 눈치 없는 아내와 상희가 뛸 듯이 좋아라 했다. 가족과의 여행은 사실 꿈도 못 꾸었다. 평생 주말도 반납한 채 회사 일에 매진했다. 근간에는 중국 현지 공장 부지 확보 문제로 업무가 폭주하여 가족과 함께하는 시간은 손으로 세어 보아야 했다. 여행을 준비하는 아내와 상희의 얼굴에 행복한 웃음이 어른거렸다. 내가 기를 쓰고 살아온 이유이기도 했다.

서울을 벗어나면서 막혔던 온몸의 숨구멍이 모두 숨을 토해냈다. 이번의 일을 계기로 다시 한번 아내와 의논해야겠다는 생각이 들었다. 도시근교에다 작은 집을 짓고 유기농 채소를 가꾸면서 살아가는 소박한 꿈에 도전하고 싶었다. 아내는 음식 솜씨가 뛰어나니까 작은 음식점을 해도 되겠다. 내가 가꾼 유기농 채소로 실한 밥상을 차리면 입소문이 금방 날 것이다. 행복한 삶이 죽도록 일한다고 보상되는 것은 아니었다. 직장인은 소비재였다. 자신이 가진 모든 역량을 발휘하고 남는 건 무엇일까. 진급일 수도 있겠다. 진급하면 또 새로운 일이 자신을 억누를 것이다. 그런데 아내가 동의해 줄지가 관건이었다.

며칠 만에 회사에 출근한 나는 사표를 제출했다. 회사는 한바탕 회오리가 휩쓸고 갔다고 동료들은 전했다. 생각한 대로 전 상무의 전횡이었다. 그러나 나는 적극 만류하는 사장을 바라보면서 당당히 말했다.

- 사장님, 오히려 이번 일은 저에게 천우신조였습니다. 앞으로 마음 편히 살고 싶습니다. 흙을 밟으며 흙냄새를 맡으며 자연과 함께 살 겁니다. 마음이 도시를 떠났어요. 이제는.

회사를 나오는 나의 발걸음은 오랜만에 가벼웠다. 아내와 함께 전원주택을 보러 가기로 약속한 시간이 다가왔다. 나는 자유로운 영혼이 되었다. 떠났다. 도시에서.

준하가 억울하게 당하지 않아서 다행이었다. 그러나 직장생활에서 억울한 일 당하지 않은 사람이 있던가. 사장의 직계 빼놓고는. 모두가 알고 있어도 굳이 발설하지 않는 것뿐이니까.

비슷하지는 않아도 언제였던가. 기관장이 오리발을 내밀었을 때, 나는 정신이 아득했었다. 체험학습 중 일어난 작은 사고의 전말을 분명히 기관장에게 미리 전달했음에도 불구하고, 기관장은 학년부장에게서 전혀 보고받지 못했다고 학부모에게 선을 그었다. 그 자리에서 두말없이 나는 학부모에게 정중하게 사과하고 일단락되었다. 신출내기 막내의 실수는 부장 선에서 해결되었지만, 나는 표리부동한 상사의 언행에 혀를 내둘렀다. 기관장이 온갖 잡다한 일을 시켜도 열심히 보좌했지만, 사람을 믿은 잘못이 내게 있으니까 하소할데도 없었다. 그냥 허탈하게 웃고 지나갔다. 그다음의 무리한 부탁은 단칼에 거절하였다. 순순히 응하면 더욱 무리한 부탁을 하는 것이라는 것을 그때 체득했다. 요즘은 생각지도 못하는 고약한 행태였다. 그런 사람들은 자기의 잘못을 전혀 인지하지 못한다고 한다. 혼자서 품고 있던 억울함도 이참에 훌훌 털어버리고 가야겠다. 세상에 어려운 일이 하고 많은데, 지나간 일에 절치부심하는 것조차 매우 어리석은 일 아니겠는가.

준하처럼 도심을 떠나서 전원주택에서 채소를 직접 가꾸면서 알콩달콩 사는 꿈은 도시인이면 누구든 한 번쯤 구상하는 일이다. 그

여름이 내게 들어와 꽃이 되었다

러나 직장이 가깝고 주변에 편한 인프라가 즐비한 도시를 박차고 떠난다는 게 생각처럼 쉬운 일은 아니다. 생각만 하고 있다가 나중에 퇴직하고 나서 새로운 쉼터를 찾는 사람도 있긴 하지만 일부에 불과하다. 나이 먹을수록 병원도, 마트도, 아이들 집도, 관청도, 가까이 살아야 안심이 된다. 모든 장치가 완비되어있는 도시를 과감히 떨쳐버리고 시골의 흙냄새를 동경하여 안착하는 전원의 꿈은, 좀 더 젊을 때 꾸어야 실천 가능하지 않을까. 제주도에서 한 달 살이 하고 온 사람의 속내는 몇 가지 시사점을 던져주었다. 바다 보는 즐거움도 한 달쯤 되니 질려버리고, 도심이 그리워 더는 머물 수가 없었다는 것이다. 몸에 밴 오래된 습관을 단번에 벗어던지기 쉽지 않다. 예전에 보면 심산유곡에 유배된 왕이나 왕자의 목숨 줄이 길지 않았다. 눈앞에 보이는 풍경과 밥으로만 생을 이어갈 수 없다는 반증이다. 문화적인 삶의 배경도 애써 무시할 수만은 없지 않은가. 아기 때 외국으로 입양된 한국인이 어른이 되면, 자기의 뿌리를 애타게 찾는 현상과 무관하지 않음을. 오랫동안 타향살이 한 사람도 자기의 원류를 그리워하며 늘그막에는 꼭 찾아가지 않던가. 문화란 애초 습득된 유전자에서 벗어날 수 없음을. 우리의 피와 살 속에 영원히 살아있음을.

그러나 마음만은 언제나 떠났다. 도시에서.

겨울 이야기

　　　　　　　　　눈송이가 마음마저 희어지도록
야멸차게 퍼부었다. 세상이, 사람의 마음이 온통 눈 속에 갇혀버렸
다. 그 안에 가둔 야만과 허영 또한 다신 들추어 보고 싶지 않았다.
펄펄 날리는 눈송이에 그만 시선을 멈추었다. 나무의 핀 눈꽃을 보
면 늘 저릿한 전율에 휩싸인다. 설경의 진수라고나 할까. 예전의 속
리산에서 본 커다란 눈꽃을 매단 전나무의 신비한 자태에 미치지는
못해도, 향수에 젖어 들게 하는 오묘한 풍경을 자아내고 있었다. 늦
게 찾아온 크리스마스트리처럼 기분이 한껏 고조되었다. 순간 시간
이 멈추어 버리고, 풍경을 오래 눈 속에 가두고 싶었다. 대지 위에서
녹지 않고 오래 그 모습 그대로 견뎌주기를 바라고 바랐다. 그러나
자연의 순리를 따라가겠지. 시선은 한가한 놀이터로 향했다. 눈 속
에 선 놀이터의 기구들도 잠시 설경에 취해 움직임이 둔해졌다. 눈

　　　　　　　여름이 내게 들어와 꽃이 되었다

가루가 흩날리다가 조금 뜸해지니, 누군가 상자를 꼭꼭 접어들고 모습을 드러냈다. 검정 점퍼가 부산하게 움직이면서 요리조리 눈길을 내었다. 일순 경비 아저씨가 눈을 쓸고 있다고 생각했지만, 빨강 점퍼를 입은 어린아이가 꼭 붙어서 맴을 돌고 있는 정경을 접하곤 바로 깨달았다. 어린아이와 엄마였다. 엄마가 길을 내면 아이는 엄마 뒤를 졸졸 따라다니다가 눈 속에 누웠다 일어나기를 반복했다. 그 모습이 예뻤다. 검정과 빨강이 눈 위에서 너무나 잘 어울려서 한참을 바라보았다. 다른 사람을 배려하는 마음 씀씀이가 더욱 예뻤다. 한동안 눈길은 낸 엄마와 아이는 어느새 눈밭에 앉아 눈을 뭉치고 있었다. 한참을 앉아서 놀이를 하였다. 잠시 후에 내다보니, 작달막한 눈사람이 벤치 옆에 다소곳이 앉아있었다. 엄마와 아이는 눈사람 곁에서 한참을 맴돌았다. 엄마는 자작품인 눈사람에 도취되어서, 자리를 쉬이 떠나질 못 하고 오래 서있었다. 어른과 달리 아이의 집중시간은 짧다는 걸, 어른들은 늘 놓쳐버리기 일쑤다. 아이는 혼자 멀리 있는 나무 의자에 몸을 의지하고, 엄마 쪽만 바라보고 있었다. 조금 있다가 아이는 그네를 타고 엄마는 사진을 찍었다. 또 눈 위를 거침없이 뛰어다니며 술래잡기 놀이를 시작했다. 두 모녀의 눈싸움은 한참이나 계속되었다.

잠깐 주문진에 거주했을 때, 눈이 어른의 허리가 잠기도록 무지 내렸다. 자동차 위에 쌓인 눈을 털어내고 주변을 치우느라 죽도록 고생했지만, 아이들은 눈싸움하느라 얼굴이 발갛게 달아올랐다. 암튼 그때 내린 눈은 기록적이었다. 길은 지워지고 없었다. 길 없는 길의 의미를 그때는 몰랐었다. 세월이 흐르니 모든 게 확연해졌다. 지금도 주문진에 가면 그때처럼 눈이 펑펑 내리고 있으려나. 시선을 되돌려서 엄마와 아이를 찾았다. 주변을 아무리 둘러보아도 보이지 않았다. 어느 겨를에 예쁜 풍경이 사라져서 마음이 허전했다. 배가 고파서 집으로 돌아갔을지도. 놀이터에 오롯이 자리를 지키고 있는 눈사람만이 아이와 엄마의 동정(動靜)을 알고 있으려나. 눈길을 낸 아이와 엄마 덕분에, 모처럼 과거도 회상하며 흐뭇하게 웃을 수 있었다.

청춘일 때 첫눈 오는 날 만나자는 약속을 했었다. 기약이 없는 만남이었다. 첫눈이 오는 날을 특정해서 알 수 없는 때였으니까. 시간도 정하지 않았다. 첫눈 오는 날에는 무조건 약속한 장소에서 기다리고 있을 거라는 말만 듣고 헤어졌다. 서툰 사랑의 시작이었을까. 아니면 고도로 계산된 사랑의 밀당이었을까. 아무리 생각해 봐도 사랑을 안 해본 사람의 치기였다는 생각이 들었다. 만나고 헤어진 이후 편지만 간간이 오가며 한 해가 넘어가려 했다. 11월이 끝나가는 날, 첫눈이 펑펑 쏟아졌다. 첫눈이 와서 무척 설레었는지, 그리운 사람을 만난다는 기쁨이 컸었는지, 암튼 아련한 회상이 뇌리에 너울거렸다. 늦은 오후가 되어서야 약속한 공원에 도착했다. 눈송이가 크고 아름다웠던 기억. 공원에 있는 모든 피조물은 눈으로 하얗

여름이 내게 들어와 꽃이 되었다

게 덮여서 피아를 구분할 수 없었다. 그 속에 움직이는 눈사람이 있었다. 머리끝에서 발끝까지 하얗게 뒤덮여 천천히 다가오고 있었다. 사랑은 차디찬 번뇌였을까. 아직도 그 사랑을 떠올리는 걸 보면, 사랑의 정의는 한마디로 표현할 수 없는 것일지도 모른다. 추억을 그리며 삶을 이어나갈 수밖에, 운명이란 인간이 관여할 수도 없는 초월적인 영역일 테니까. 지금도 그 공원에 가면, 세상이 온통 하얗고 오롯이 나만 주인공인 것만 같던 그때의 심정 그대로일까. 눈이 오는 언덕에 서면 아렴풋한 젊음의 흔적이 아직도 남아있을까. 좋아했던 사람이 기막힌 설경에 합류하여 눈사람이 되도록 말없이 기다리고 서있던 추억 너머로 우리 아이들이 산중에서 만난 폭설의 아름다운 절경에 반해, 커다란 눈송이를 입으로 받아 마시며 마냥 좋아라 했던 기억이 파노라마처럼 목전을 스쳐 지나갔다. 눈 오는 날, 어린아이와 엄마가 뛰어다니는 예쁜 모습을 눈에 담다가, 지나간 청춘의 눈꽃 핀 설경과 함박눈을 머리에 이고 내달리던 아이들이 머릿속을 마구 헤집어 놓았다.

눈이 펑펑 쏟아지는 어느 겨울날, 젊은 날의 엄마보다 더 나이 들어버린 딸들과 함께 속리산에 올라가, 눈꽃 핀 절경 속으로 다시 들어가 볼 수 있으려나. 또, 청춘의 아픈 사랑이 숨 쉬고 있는 눈 덮인 옛날 공원에 올라가, 눈의 나라에서 온 눈사람이 움직이는 절경을 또다시 볼 수 있으려나. 창문이 덜컹 놀라도록 밀려드는 찬바람의 기세에 대지의 눈도, 청춘도, 젊음 또한 기억 저편으로 날아가 버렸다.

여름이 내게 들어와 꽃이 되었다

달빛 뒤로 숨다

　　　　　　　　　　　달빛을 따라 길을 나섰다. 목적
지는 정해진 곳이 없어 발길마저 아득했다. 아이들을 늘 그리워하며
살고 있지만 지금 달려가기엔 너무 늦은 시각이다. 늦은 밤에 달려
가면 혹여 무슨 일이 생겼는지 오히려 자식들의 걱정만 키울 것이
다. 달빛을 벗 삼아 불현듯, 밤 마실가는 즐거움도 오랜만이었다. 딱
히 만날 사람이 없어도 딱히 갈 곳은 없어도 느닷없이 이뤄진 외출
이어서 더 설렜다. 밤거리는 호젓해야 제맛인데, 네온사인에 휘둘린
밤거리는 혼자 숨을 곳을 허락하지 않았다. 강변 산책길도 바닥에
작은 등이 죽 깔려있고, 점점이 늘어선 가로등 덕분에 칠흑 같은 어
둠이란 단어는 진즉에 실종되었다. 은밀하게 삶을 이어갈 공간이란
수식어는 도시에서 더 이상 존재하지 않았다. 모두 문명의 이기에
잠식되어 있었다. 다시 말하면 개인행동이 낱낱이, 통제 속에 갇혀

있다고나 할까. 인간은 문명의 이기를 만들어 놓고 스스로 노예화되고 있다. 노예에서 해방되는 방법 또한 간단하다. 핸드폰을 문명 세계에 반납하고 깊은 산골에 은신하면 자연인이 되는 것이다. 그러나 제복 입은 사람이 과학적으로 추적해 온다면 감시망에 즉시 노출될 게 뻔하다. 이 땅에선 낮에도 밤에도 호젓하게 숨을 곳이 없다.

밤은 빛을 삼켜버린 어둠의 시공간을 의미한다. 그러나 사람들은 밤도 낮처럼 환하고 거리낌 없는 풍경에 익숙하여 그런지, 어둠에 별로 개의치 않는다. 올림픽 개막식이 저녁 시간에 시작하는 것도 같은 맥락이 아닐까. 환한 빛을 어둠 속에 발산하여 사람들의 시선을 집중시키고 몰입하게 만듦으로써 부수적인 효과를 톡톡히 노린다는 상술의 일종일 테니까. 어둠 속에서 빛은 희망이고 새로운 의미를 부여해 준다. 결과적으로 인간은 빛의 노예가 되었다. 하루의 일과 중에 빛없이 진행할 수 있는 일은 손으로 꼽을 수 있을 정도니까, 의도적인 어둠의 시간은 제외하곤. 취침할 때도 보조 등을 켜놓는다. 완벽한 어둠은 지구에서 사라졌다고 봐도 맞는 건 아닐는지. 도시는 백열등을 밀어내고, 자연의 색을 발광하는 LED 조명으로 낮과 밤의 경계는 턱없이 무너지고 있다. 지하로 다녀도 온종일 빛이 환하니까 낮과 밤의 구분이 무색할 지경이다. 어둑한 거리로 나서야 비로소 어두운 밤이 된 걸 인지하는 것일 뿐이고, 빛을 삼켜버린 어둠의 공간은 별빛마저 삼켜버렸다. 하늘을 우러러 별빛을 마

여름이 내게 들어와 꽃이 되었다

주할 수 없는 대신, 달빛이 홀로 휘영청 하니 고고(孤高)하여 말 없는 위로가 되어주었다.

　제아무리 인공조명이 휘황찬란해도 자연스러운 달빛의 창연함에 가히 미치지 못한다. 달을 바라보면 묘한 카타르시스를 불러일으킨다. 어스름한 저녁에 달빛이 점차 차오르면 여성의 마음을 대변해주는 양 묘사되곤 한다. 은은함이 내포하는 방향성(芳香性)이 여성의 이미지를 연상하게 했던 걸까. 달은 야사에서 종종 등장했다. 달에서 흘러나오는 순수하고 말간 영혼의 이미지를 주인공의 서정에 빗대어 투영하곤 했다. 우리나라 전래동화마다 달은 언제나 등장했다. 우리 민족의 은근한 정서와 닮았기 때문이다. 찬란한 별을 노래한 서양과는 달리 우리 조상들은 차오른 보름달을 보며 간절한 제 소원을 빌었다. 하늘 위에 뜬 달이 접신의 영역이라는 믿음이 커져서 선택했던 것일지도. 수만 년의 세월을 달려와 잠시 얼굴을 살짝 내미는 별은 마음의 거리도 멀다고 여긴 걸까. 다른 행성과 달리 지구와 비교적 가까워 친근한 달이야말로, 한을 마음껏 표출해도 받아줄 대상으로 여겼던 것일지도. 미국의 우주 비행사인 닐 암스트롱이 달에 처음으로 발을 디뎠다지만, 혹시 지금도 달의 뒷면에서, 계수나무 아래 옥토끼가 떡방아를 찧고 있을지 모른다는 기대감을 버리지 못한다. 달에 대한 무한한 기대는 일부 과학자의 집념으로 점점 껍질이 벗겨지고 맨살이 드러나고는 있지만. 달의 신비한 영험은 동화의 세계에서는 한동안 지속되지 않을까.

밤은 깊어가고 몸이 젖은 솜처럼 누글누글 처져가지만, 흐릿해진 하늘을 올려다보았다. 아무리 고개를 갸우뚱거려도 초승달은 보이지 않았다. 한참을 헤매다 너른 하늘 빈 구석에 찌그러져 덜렁 내보이는 달그림자 하나를 발견했다. 저 달도 쉬고 싶었나 보다. 매일 밤 달빛을 지구에 내리비추는 일이 쉽지만은 않겠다. 몸이 아픈 날도 있고, 쉬고 싶을 때도 있지 않을까. 비나 눈이 내리거나 오늘처럼 많이 흐린 날을 제외하고 거의 빼놓지 않고 인간의 흥망성쇠를 말없이 지켜보면서, 조언해 주고 싶어도 참았을지도 모른다. 아니면 오만한 인간이 하는 일을 참견할 처지도 못 되었던 걸까. 41억 년 전 지구와 달이 생성될 당시 서로의 거리가 매우 가까웠다고 한다. 그 당시의 달은 자기장이 엄청 발달해 있어서, 신생지구를 온몸으로 이후 6억 년쯤이나 보호해 주었다고 한다. 그 이후 점점 자기장의 기능이 떨어지고 지구에서도 조금씩 멀어졌다고 한다. 그러면서 달은 생물이 살 수 없는 폐허로 변해갔다니, 지구에게 생명체를 인계해 주고 스스로 자멸을 택했던 걸까. 달을 보면서 자꾸 안타까운 마음이 들었다. 달은 한 인간의 탄생에서부터 죽음에 이르기까지 일련의 사건들을 지켜보면서, 다른 동물에 비해 발육이 느리고 더디게 성장하고, 늦게야 홀로서기를 하는 미미한 존재라는 걸 인지하며 말 없는 응원을 보냈을 것이다. 하지만 두 발로 서서 다니는 특권을

여름이 내게 들어와 꽃이 되었다

이용하여, 달에서 표본을 채집해 가는 인간의 역량을 보고 깜짝 놀랐으리라. 먼 훗날 악한 인간이 달로 이주할까 봐 달 표면을 극한의 온도로 유지하고 있는지도. 달 표면의 어두운 지역인 고요의 바다는, 달이 뜨거웠던 약 35억 년 전에 분출한 마그마가 식은 현무암이라고 하니, 바다였다고 하면 상상의 여지가 있었을 텐데……. 극한에서도 살 수 있는 생명체가 혹시 달에 존재하고 있을지, 여전히 궁금하고 신비스럽기만 하다.

달빛을 받아 어슴푸레하게 윤곽이 보이는 산과 나무와 건물에서 또 다른 풍경을 만난다. 태양의 강렬한 빛과는 달리 정적이고 차분하며 심리적으로 안정감을 주는 오묘함이 느껴진다. 그래서 달빛을 받으며 거리를 헤매어도 외롭지 않았나 보다. 어릴 때 어머니가 편찮으시면 달을 바라보고 쾌유를 기원했다. 집 뒤에 있는 동산에 올라, 은은한 보름달의 서정으로 여울지던 그 시절, 통기타를 쳐주던 그 친구는 잘 지내고 있을까. 어렴풋한 기억이지만 그때는 달빛 아래 낭만이 철철 흘러넘쳤다. 고교 졸업식 날, 단짝 친구의 삼촌이 처음으로 작은 술집으로 데려가서 술을 배웠던 기억 또한 아스라하다. 둥근 보름달 아래 둘의 우정은 영원하리라 맹세했다. 지금은 어디서 어떻게 살고 있을까. 머리가 드문드문 하얗게 세고 나처럼 중늙은이가 되어있을까.

젊었을 때 남편과 작은 다툼이 있고 나면 집 뒤란에 나와, 둥근 달과 속마음을 터놓고 이야기하면서 시린 속을 달랬다. 아이들이 결혼을 하고 집을 떠날 때마다, 허전함을 견디지 못해 무작정 달빛에 몸을 의지한 채 이리저리 헤매고 다녔다. 아이를 몸에서 떼어놓고 마음에서 더욱 떼어놓지 못해 그리도 힘들어 했는데, 그 밤 달빛에 서린 과꽃은 핏빛이었다. 함께 울었다. 막내 손녀가 발레복을 입고 한껏 포즈를 취한 모습이 실시간 배송되었다. 울다가 저도 모르게 웃게 되었다. 보름달보다 더 환한 어린아이의 미소를 위안 삼아 오늘 하루도 달빛의 뒤로 숨었다. 내일은 또 어떤 모습으로 달은 내게 손을 내밀며 다가올까. 오늘보다 안온한 마음으로 달빛과 마주해야지. 도란도란 이야기를 나누다가 살그머니 달빛 뒤로 또 숨어야겠다. 삶은 매일매일이 숨바꼭질이다.

여름이 내게 들어와 꽃이 되었다

눈眼속에 눈雪을 담다

간밤에 눈(眼)속에 눈(雪)이 내렸
다. 지붕과 외벽과 나무와 산은, 하얀 도포를 휘휘 두르고 원래 제
색인 듯 고고한 자태였다. 온 세상이 환호했다. 우중충하던 회색 도
시는 새하얀 눈의 도시로 탈바꿈했다. 인심이 메말라가던 삭막한 도
시를 덮은 하얀 눈 때문에 마음도 따라 정화되었다. 사람들이 걸치
고 있던 욕망과 허울, 또 듣기 좋은 말의 난무도 모두 하얗게 채색
되었을까. 세상을 희게 물들인 눈의 시간에 어른들에게는 아름다운
생각만이 허용되었다. 아이들에게는 눈밭을 걸을 자격이 부여되었
다. 놀이터에서 눈싸움을 하는 아이들의 함성이 제법 크고 우렁찼
다. 드디어 겨울이 내게 왔다. 겨울의 참맛을 오늘에서야 느낄 수 있
다니. 베란다 창틀에 소복이 쌓인 눈의 기침(起寢) 아래 매달린 고드
름이 녹지 않기를. 거꾸로 가던 계절이 오랜만에 제자리로 돌아왔나

보다. 거친 바람결에 돌돌 말린 나뭇잎이 퇴락할까 봐 밤잠을 설치던 나무는, 오랜만에 수액을 맞은 듯 화려하게 눈꽃을 피웠다. 변신은 무죄다. 사람들의 눈을 현혹한다고 해도 기망은 아니다. 본연의 아름다움을 더 빛나게 도와주는 눈(雪)의 여신이 존재하는 한.

아이들은 창밖의 눈 온 풍경을 저마다 감상하며, 화이트 크리스마스를 고대할 것이다. 아마도 산타클로스를 제일 먼저 떠올리지 않았을까. 눈이 펑펑 오는 크리스마스이브에 양말을 벽에 걸어놓고, 졸린 눈을 비비면서 산타 할아버지를 기다리던, 어릴 때 우리 아이들처럼. 깊은 꿈속에서도 화이트 크리스마스의 절경이 펼쳐져서 무척 설레었을 것이다. 핀란드 로바니에미의 산타 마을에도 오늘처럼 눈이 내렸을까. 눈이 펑펑 쏟아지는 하늘길로 선물을 실은 썰매가 달리느라 몹시 바쁘겠다. 예전에 아이들과 겨울방학을 맞이하여 여행을 떠났다. 속리산 가는 길에 서있는 정이품송 앞에서, 자못 경건하게 옷깃을 여미던 아이들. 우리 조상의 얼이 담긴 소나무라 그런지, 특별한 느낌으로 다가왔다. 눈이 마구 쏟아지기 직전의 신비함까지 서린 소나무의 실물을 접한 아이들은 한참 동안 눈길을 떼지 못했다. 속리산 중턱에 올라서자마자 온 천지가 눈의 여신이 점령한 듯, 굵은 눈꽃 송이의 난장은 장관이었다. 헤먹던 나무들이 모두 눈꽃을 매달고 하얀 눈의 나라가 목전에 펼쳐졌다. 아이들은 눈 위에서 폴짝폴짝 뛰고 드러눕기도 하면서 눈 내리는 절경에 빠져들었다.

여름이 내게 들어와 꽃이 되었다

눈이 내리는 풍경 속에 어린 날의 아이들이 소환되어, 함박눈이 별처럼 쏟아지는 숲을 돌돌거리며 뛰어다녔다. 과거로의 시간여행 속에 오만 가지의 상념이 파노라마처럼 펼쳐졌다. 아이들의 예민한 감수성의 발로는, 속리산에서 만난 폭설 속을 내달리며 떠올린 감흥과 피안의 세계에 온 듯한 착각을 불러일으켰던 아름다운 눈꽃의 절경이 가슴 한편에 오롯이 녹아있어, 가시덤불을 뚫고 피어올린 한 떨기 장미처럼, 소중한 경험이 덧대어져 생긴 결과물은 아니었을까.

눈이 내리면 사람들은 왜 열광하는가. 자연의 흰색은 눈(雪)에서 색의 결정체를 이룬다. 눈의 하얗고 폭신한 감촉을 싫어할 사람이 있을까. 눈이 내리면 일단 사람들의 마음에 먼저 들어와 앉는다고 할까. 일단 사람들은 흰색이 가져다주는 안정감을 선호한다. 또 분위기를 반전시켜 주는 효과도 한몫을 한다. 아침에 내린 눈을 보고 일순 말을 잃고, 눈 온 풍경에 압도당하는 것만 봐도 흰색의 위상을 알 수 있는 건 아닌가. 내리는 눈은 묘한 카타르시스를 준다. 영화에서도 사랑에 관한 주제에는 눈 내리는 풍경이 등장하면서 사람의 감성을 파고든다. 주인공들이 눈 위를 뒹굴며 눈싸움을 하고, 서로의 언 마음도 녹이면서 사랑의 감정으로 치닫는 것이다. 지바고의 〈라라의 테마〉에서도 아름다운 설경이 펼쳐진 드넓은 벌판을 마차를 타고 달리며 극적인 아름다움을 선사했다. 마차 속에서 작은 창을 비집고 들어오던 그윽한 설경은, 아름다운 사랑과 낭만이 더해지며 뇌리에 그림처럼 각인되었다. 예전에는 연인들이 첫눈 오는 날 만나자는 약속을 많이 했었다. 첫눈 속에 담겨있는 순수와 낭만과 결실 등을 청춘들이 원했던 것이리라. 눈 속에 눈을 담은 오늘. 사람들은 가까운 호수나 들판으로 나가 눈 내린 풍광을 서로의 눈에 카메라에 담으려고 욕심내고 있을지도. 눈이 내려온 하늘이 온 대지가 오랜만에 깊은 한숨을 내쉬며 청정함과 적막감에 젖어 들고 있으려나.

눈 내린 날에는 누구라도 꿈 많았던 학창시절의 풋풋한 첫사랑을 떠올려 눈밭에 펼쳐보면서 그리워하는 건 아닐는지. 아니면 이루어지지 않았던 아린 사랑을 추억하며 애틋하게 떠올리고 있는 건 아닐는지. 눈 내리는 정경 속에 오랜만에 지난날을 회상해 보는 여유를 만끽했다. 첫눈 오는 날, 오랜 기다림 끝에 극적으로 만나서 행복했던 순간들과 서로의 생각 차이로 돌아서야만 했던 아픈 기억들을 점점이 떠올렸다. 삶이 생각대로 흘러간다면 불행한 사람은 존재하지 않을지도. 기나긴 역경 끝에 얻은 사랑이 특별하지만서도, 오랜 우정인 줄 알았는데 결국에 인연을 맺지 못했다면 그 또한 귀한 사랑이 스쳐 지나간 것이다. 눈 내리는 날, 옛날에 약속했던 그 공원에서 다시 만난다면 학창시절로 되돌아가서 파안대소할 수 있을까. 죽어도 못 헤어질 것 같던 사랑이 지금 만나도 그때의 그 감정 그대로 폭발할 수 있을까. 사랑을 갈구하며 무릎을 꿇고 읍소하던 순수했던 청년은 지금쯤 아이를 그때의 나이로 키워내고, 그때를 회상하

여름이 내게 들어와 꽃이 되었다

며 잔잔한 웃음을 머금고 있을지도. 젊음은 무모하지만 더할 나위 없는 패기로 넘쳐나서 더욱 아름다운 것일지도.

　눈 내린 날의 풍경은 모든 것을 감내하고 모든 것을 덮어주며 모든 것을 있는 그대로 사랑했던 젊음의 그날들을 불러모았다. 눈(雪)이 내리면 심성이 비뚤어진 이도 눈(眼)이 정화되어 변모될 수 있겠다는 착각마저도 아름답다. 눈 내린 날에 착시효과는 덤으로 얹어 더없이 행복했다. 젊은 시절로 돌아가면 다시는 그 사랑을 놓치지 않을 자신이 있을지 고민하면서, 내내 마음이 훈훈했다. 한참 눈 내린 풍경에 침잠하여 꿈에서 헤매는 동안, 놀이터를 휘젓고 다니던 아이들의 함성이 그만 잦아들었다. 창밖을 내다보니 어느새 창틀의 눈이 눈 녹듯이 사라져 버렸다. 창 너머 나무의 눈꽃들도 눈 녹듯이 사라져 버렸다. 대지는 원래의 흙빛으로 환원하느라 겨울 햇살을 바삐 모으고 있었다. 눈 내린 날의 정경 속에 펼쳐졌던 젊은 날의 기억 또한 눈 녹듯이 하나둘 사라져 갔다. 세월이 눈(雪) 속에, 내 젊음이 눈(眼) 속에 다시 묻혔다. 다시 눈이 내리면 검질긴 추억을 끄집어내어, 눈(眼) 속에 눈(雪)을 담아 우리들의 이야기는 계속되리라.

네모난 꿈

지난날, 자주 꿈속에서 마주하던 장면이 선연(鮮然)하다. 네모난 창이 눈앞을 가로막고 서있었다. 게으른 햇살 한 줌은 거실 바닥에 창의 그림자를 길게 쏟아내며 드러누웠다. 눈이 부셔 실눈을 뜬 채 용기를 내어 한걸음 창에 가까이 다가선다. 그러나 또 다른 네모난 창이 어느새 앞을 가로막았다. 네모난 창살 안에 갇힐 것만 같은 두려움에 허둥거렸다. 벗어나면 또 다른 창이 가로막아 도무지 한 발자국도 전진할 수 없었다. 점점 네모난 창의 크기가 줄어들면서 시야를 가로막는다. 결국 아주 작은 네모난 창 안에서 두 팔만 힘겹게 내밀어 벗어나려 안간힘을 쓴다. 그러나 벗어날 수 없는 좌절의 늪에 빠져 허우적거릴 뿐. 꿈속을 헤매던 불안감은 적중하였다. 갑작스러운 변고는 현실과의 괴리감을 드러내며 날카롭게 정곡을 찔렀다. 행복한 일상과는 인연이 없어 보

여름이 내게 들어와 꽃이 되었다

였다. 무난한 궤적에서 철저히 이탈되어 끝도 모를 어둠 아래로 곤두박질하는 참담함. 그러나 어둠의 끝자락에서도 끈질기게 삶을 부여잡은 건 확실한 책임의 소재를 깨달았기 때문일까. 나는 가장 노릇을 해야 했다. 맏이란 피할 수조차 없는 운명을 각인하고 태어난다. 풍요가 깃든 평화는 선망(羨望)의 대상이다. 언제부턴가 네모난 창이 다시 꿈에 나타났다. 창은 늘 환히 열려있었다. 창밖의 세상은 늘 생동감 넘치고 거침이 없었다. 그리고 닫힌 마음이 심연으로 가라앉아, 새까맣게 멍든 생채기만 부여잡고 있었던 자신을 질책하며 또 다독였다. 조금만 다른 시선으로 아픔을 감당하고 치유하고자 노력했다면, 슬픔의 터널에서 더 빨리 헤어날 수 있었을 걸 하는 아쉬움만 가득했던 그 날들이 점점이 멀어져 갔다.

깊은 어둠 속에서도 견딜 수 없는 외로움이 무서리처럼 짙게 묻어나는 국화과의 풀. 민들레가 꽃밭의 후미진 곳에 듬성듬성 피어났다. 홀씨 하나로 자기 생명을 지켜내는 끈질기고 악착같은 삶의 용기가 가상하다. 발에 밟히고 손에 뽑히고 기계로 밀고 지나가도 아프다고 소리 한번 안 지르는 참 지독한 여러해살이풀이다. 해가 지면 작은 입술을 오므리고 잠을 청하려나. 어둠의 끝에 서 있어도 노란 햇살 한 모금이라도 만나고픈 철썩 같은 믿음 하나로 그 긴 밤을 버텨내는 게 아닐까. 강인한 생명력조차 안쓰럽기만 하다. 그 앞에 우뚝 선 보리수나무가 올해도 어김없이 꽃을 매달았다. 작년부터 유난히 발길이 오래 머문다. 연노랑 은방울꽃 같이 송송이 달려있는 모양새가 수줍음 많은 아가씨의 눈길마냥 고왔다. 작고 앙증맞은 꽃의 매력에 흠뻑 취한다. 주변에 다가가면 살짝 열으면서도 향긋한 내음이 풍겨 나왔다. 아카시아와 결이 다른 순한 향기가 떠나는 발길을 잡았다. 깊은 어둠의 순간들을 잘 견뎌내고 삶의 결정체인 열매를 품기 위해 얼마나 고단한 하루를 엮어내고 있을지 가늠해 볼 수조차 없다. 곁에 선 흰 철쭉도 오랜 시간 뜸을 들이고, 이윽고 열정의 산물인 흰 꽃봉오리를 하나씩 조심스럽게 피워 올렸다. 짙은 어둠 속에서도 꽃봉오리의 살을 찌우기 위해 부단히 노력을 경주했으리라.

늘 구석 자리에 앉아 눈가에 어두운 그늘이 머물던 아이. 눈이 양쪽으로 살짝 올라가고 급우들과 잘 섞이지 못하며 공부에 도무지 관심이 없는 한 친구가 있었다. 시쳇말로 왕따지만 그 당시에는 학교 생활의 적응속도가 좀 느릴 뿐이라 진단하고, 늘 신경 쓰이던 아이였다. 마침 학교에서 한 달 후에 음악경연대회가 열렸다. 리코더에 관심을 보여 지도해 보니 다행히 소질을 보였다. 그날부터 경연대회 전날까지 꼬박 방과 후, 교실에 남게 하고 리코더 연습을 집중적으로 시켰다. 실력이 쑥쑥 늘어나니 자신이 붙어 신나게 연습하며 배시시 웃던 아이. 처음으로 밝게 웃는 모습을 보았다. 그 눈 속에 담긴 작은 희망의 불씨도 보았다. 반 친구들이 모두 싫어해도 선생님이 칭찬해 주고 관심이 집중되니, 평소 어둡던 아이 얼굴에 생

여름이 내게 들어와 꽃이 되었다

기가 돌았다. 아깝게도 교내 리코더 경연대회에서 은상 수상을 하였지만, 다른 아이들의 보는 시선도 사뭇 달라졌다. 그 이후 공부에 대한 관심이 예전과 다르게 집중력이 높아졌다. 지금은 어느 분야에서 당당한 직업인으로 잘 살고 있으리라. 먼 산 연초록빛이 총총한 숲에서 리코더의 청아한 음색처럼 굴뚝새의 희맑은 우짖음이 아스라이 흘러나왔다. 어둠의 끝에서도 희망은 늘 끈을 놓지 않고 우리 주변을 맴돌며 응원하고 있음을 알았다.

어둠의 끝에 서있는 이의 눈망울은 어디론가 헤맨다. 항상 불안감에 휩싸여 있다. 예전에 미용실 가면 눈가가 퍼렇게 멍든 이웃 아낙네를 가끔 볼 수 있었다. 그런데 평소에는 남편이 너무 잘해주어 곁을 떠날 수 없다고 말하는 그녀의 공허한 눈길에서, 체념이 느껴졌다. 한 드라마에서 형부에게 맞는 현장을 목격한 동생이, 방심한 틈을 타서 언니와 함께 탈출을 시도하는 장면을 보았다. 어둠의 끝에 선 사람의 눈빛은 너무나 처절해서 슬퍼 보였다. 극 중에 나온 내레이션, '행복은 스스로 알아차리기 힘들고 알더라도 내 것으로 만들기에 많은 수고와 노력이 필요해.' '그래 맞아. 행복해지기 위해 우리 모두 애쓰지. 행복은 애쓰고 애써야 겨우 얻을 수 있으며 쉬이 곁에 있어주지도 않아. 꽤 오랫동안 공을 들이더라도 잘 안 될 수도 있는 것.'이라는 말에 적극 공감이 되었다. 어둠의 끝에서 사랑은 싹을 틔웠다. 아카시아 향기를 머금은 사랑은 행복의 꽃을 철마다 피우지 않을까.

　허무를 일별(一瞥)하고 나니, 네모난 창은 꿈에 잘 나타나지 않았다. 어릴 적 달과 별을 머리에 이고 몽상가이던 내가 꿈꾸던 막연한 꿈은, 용기와 열정을 북돋아 주는 데 한몫을 했다. 어둠의 끝자락인 줄로 착각했던 네모난 꿈이, 현실에선 각이 없이 둥글게 매듭을 풀어나갔다. 위로가 되었다. 네모난 창이 꿈에 언젠가 또 나타나면, 가볼 수 없는 이상향에 대한 그리움으로, 창밖에 시선을 두는 것도 괜찮지 않을까.

　　　　　　　　　　여름이 내게 들어와 꽃이 되었다

하늘 호수에 빠지다

　　　　　　　　　　하늘가에 모처럼 안개구름이 자욱했다. 적적하고 암울해 보이는 잿빛 구름이 하늘을 온통 뒤덮으면서 하늘가 엷게 펼쳐진 호수는 한 뼘만큼의 스카이 블루 와 블루의 속살만을 언뜻 비칠 뿐이다. 비죽 얼굴을 내민 빛나는 양털 구름이, 에메랄드빛 하늘 호수를 감싸고 도는데 가히 일품이었다. 그 도도한 광경에 절로 탄성이 터져 나왔다. 하늘 호수 주변으로 연하고 진한 잿빛의 구름 덩어리들이 하늘 위에선 서자인양 설움에 북받친 기색이다. 하늘은 잿빛 덩어리를 끌어안고 버티기도 버거운지 몹시 절절매고 있었는데, 여차하면 지상에 옴팍 비를 흩뿌릴 기세였다. 그래도 푸른 호수를 닮은 하늘 한 조각은 회색 구름바다 뒤에 자신을 꽁꽁 여투어 두었다가, 낮게 깔린 구름 사이로 빈틈이 생기면 여지없이 담청 빛 때깔을 살짝 내비치곤 하였다. 하늘가에 기대어 죽

그릇이 담긴 쟁반을 들고 한참을 서있다가 후루룩 들이마시는데, 죽 맛인지 하늘 맛인지 그 맛이 참으로 오묘하였다. 하늘 호수에 발을 담그니, 몸이 아파 힘든 시간조차 잊어버리고 세상과 유리되어 버린 듯 하늘 위를 둥둥 떠다녔다. 깊은 산 중에서 수도 생활하는 사람의 눈빛이 하늘 호수처럼 맑은 이유를 조금은 알 것 같다. 하늘을 벗 삼아 땅을 일궈 정직하고 소박한 일상에 젖어 사는 이들에게 욕심이란 단어는 존재하지 않았다. 단벌옷도 냇물에 훌훌 빨아 큰 바위 위에 털썩 걸쳐놓으면 바로 마르고, 무욕의 근심 없는 삶이었다. 땅에서 캐낸 채소와 약초와 버섯만 있으면 훌륭한 반찬으로 손색이 없었다. 늘 넉넉한 자연에서 얻는 식재료가 가득한데 무어라 더 가질 것을 탐하겠는가. 단 하루라도 그런 삶에 젖어보고 싶은데, 늘 생각뿐이다. 자연에 귀의하여 잠시 마음의 평화를 누리고 싶지만, 산행이 어디 말처럼 쉬운 일이던가. 낮은 산중턱이라도 한참을 걸어 올라가야, 드넓은 자연의 품에 안겨볼 수 있지 않은가.

푸른 호수 머금은 하늘에 한참 빠져서 헤매고 다니다가, 징~ 전화벨이 울리는 바람에 현실로 되돌아왔다.

"사부인! 그동안 잘 지내셨어요?"
"네, 덕분에 건강하게 잘 지내고 있어요."
"벌써 중추절이 다가왔어요. 세월이 참 빠른 거 같아요."

여름이 내게 들어와 꽃이 되었다

"맛난 햅쌀을 정성껏 포장하여 보내주셔서 감사드립니다. 잘 먹겠습니다."

"작은 선물인데 별말씀을요.
더위에 지친 입맛이 돌아오길 바라는 마음이 큽니다."

둘째 사부인과의 대화는 끝없이 계속되었다. 건강에 대해 담소를 나누고, 손주들에 대한 무한기대와 에피소드로 이어지는 훈훈한 대화는 시간 가는 줄도 모르고 길게 이어졌다. 가까운 사람들과 서로 덕담을 나누며 잠시 목소리 듣는 것만으로도, 소소한 삶의 재미가 샘솟는 것 아니겠는가. 하늘 호수 주변을 수놓는 연한 잿빛 구름이 양념처럼 말 속에 녹아들었다. 호수 속에 담긴 자식들은 보트를 타고 손을 흔들었다. 대화 중에도 자식은 눈에 들어와 선연했다. 자식을 위해서라면 모든 걸 다 내놓아도 아깝지 않은 부모의 내리사랑은, 사부인의 의중 속에도 고스란히 녹아있었다. 우리도 어쩔 수 없는 자식 바보인가 보다. 반가운 전화 데이트는 나중을 기약하며 마무리하였다. 푸른 하늘 호수를 눈에 담고, 웃음꽃을 활짝 피우던 여운이 오래도록 가시지 않았다.

잿빛 구름이 자우룩하게 깔린 하늘을 올려다보았다. 시간이 지남에 따라 진청색 하늘 호수 주변의 양털 구름은 한 줄기 빛살로 인해 은은한 빛을 발하고 있었다. 주변을 지나는 엷고 짙은 잿빛 구름이 서로 아우러져 펼친, 한 폭의 수묵화는 하늘 도화지에 유연한 몸짓으로 수를 놓았다. 하늘을 화지 삼아 그려넣은 오묘한 수묵의 향연에 그만 넋을 잃었다. 하늘 호수의 무쌍한 변모에 도무지 눈을 뗄수 없었다. 푸른 호수 주위에 걸쳐있던 연한 재색 구름은 가느다란 햇살의 부심에, 그만 눈살을 찌푸리며 어디론가 숨어버렸다. 볼이 잔뜩 부어오른 표정의 구름이 떠나고 난 자리에, 반짝이는 흰 테를 두른 양털 구름이 자분자분히 피어올랐다. 시선은 하늘에 붙박이처럼 박혀서 한동안 자리를 뜨지 못했다. 하늘 호수 깊은 곳에선 우리 부모님이 살고 계실까. 남동생과 수녀할머니와 삼촌들까지 옹기종기 모여 작은 마을을 이루고 있을지도. 울창한 숲속에서 들려오는 새소리를 친구삼아, 떡방아를 찧고 신선한 푸성귀를 가꾸며, 매일이 기쁘지 않겠는가. 아름다운 호수 주변을 유유히 노니다가 물고기는 덤으로, 푸짐하고 건강한 밥상을 차리는 일상의 연속일지도. 세상 별걱정 없이 살면서 소소한 행복을 구가하고 있으려나. 재화도 욕심마저 버린 해탈의 공간이니까 다툼은 세속의 일이라 생각할지도. 심술 난 잿빛 구름은 숨바꼭질하다가 지쳐버렸는지, 단잠에 빠져버렸다. 어느덧 시간이 지나니, 푸르뎅뎅하던 하늘 호수는 엷은 잿빛 구름이 낮게 뒤덮이는 바람에 그만 제 모습을 감추었다. 잿빛 구름은 비를 뿌릴 거먹구름을 몰고 올 준비로 무척 분주해 보였다.

에메랄드 빛 하늘 호수에 빠져서 지루하지 않았던 오늘 하루. 자연과의 대화에서 실패한 적은 없었다. 늘 넉넉한 마음과 따스한 의지를 북돋아 줄 뿐이었다. 자연은 인간 앞에서 자신의 위용을 뽐내

여름이 내게 들어와 꽃이 되었다

지 않았다. 늘 뒤에서 든든하게 받쳐주는 뒷배가 되어주고 한 번도 난 척하지 않았다. 그러나 기고만장한 인간은 모름지기 자연을 지배하고 있다고 착각하였다. 타고난 욕심을 채우려고 자연을 마구 훼손하더니, 돌아온 건 인간 삶의 파괴였다. 자연의 응징은 인간의 상상을 불허했다. 훨씬 정교하고 무지막지한 힘을 발휘하면서, 우리는 평범한 실생활을 누리지 못하고 매일이 불안정하다. 누구를 원망하랴. 인간이 스스로 파놓은 함정에 빠진 진실을, 애써 인정하지 않으려 해도 명명백백한 사실이 아닌가.

청청(靑靑)한 하늘 호수는 난장(亂場)처럼 구름바다가 휩쓸고 간 뒤안길에서 서성이며, 잿빛의 어둠을 헤치고 연한 푸른빛으로 하늘을 물들일 생각에, 고단한 잠을 청하며 훗날을 기약하고 있으려나. 만만(滿滿)한 구름바다를 헤치고 진청색 하늘 호수는 다시 얼굴을 내밀 수 있을까. 내일 아침이 오면.

벽에 새겨진 나무

　나무는 푸르렀다. 굽이진 가지 사이에서 녹색 빛과 연한 녹색 빛의 이파리는 샘솟듯이 피어났다. 하얀 새 두 마리가 나뭇가지 끝에 앉아 쉼을 즐기고 있는 사이에 하얀 새 한 마리가 날아들고 있었다. 한가한 나무 몇 걸음 건너에 늙은 나뭇등걸이 자리하고 있었다. 정처 없이 숲을 헤매다 잠시 쉬어 가도 좋을 듯 편안해 보였다. 하얀 새의 음색은 곱고 처량하다. 천상계에서 내려온 하이얀 천사가 새의 형상으로 발현된 모습이었을까. 영어로 표기된 의미 있는 말들. 'Wisely and Slow, They stumble that run fast' 그 아래 나뭇등걸에는 'Take a rest'가 새겨져 있었다. 느리고 현명한 삶, 너무 빨리 달리면 지치므로 쉬어가라는 명구다. 벽면에 매달고 있으면서 그동안 아등바등 살아온 면면이 떠올라 안타깝기 그지없다. 느리게 사는 삶을 남들에게 권했으면서 정작 본인은 그 대열에 합류하지 못했던 건 아니었을까. 지친다는 건 포기한 다는 의미를 내포하므로 무진장 노력했다. 나 자신보다 남들에게 보여지는 내가 중요했기에. 누구라도 변변하지 못한 본인의 모습을 남에게 펼쳐 보이기 쉽지 않다. 시련 없는 사람이 없으련만, 홀로 세상 시름 다 안고 사는 줄만 알 았다. 우매하다고 할 밖에. 한 번만이라도 한적한 숲속의 푸근한 둥걸에 앉아 뒤를 돌아봤다면 더 나은 삶으로 나를 이끌지 않았을까. 세월 가다 보니, 후회막급이라는 표현이 적절할는지……. 미물인 새도 더 높이 날기 위해 자신이 가진 모든 걸 줄이고 아낌없이 비우는데, 인간만이 손에 부여잡은 걸 과감히 떼어놓지 못해 망설이는 건 아닐까. 그래서 자꾸만 실패를 거듭했는지도. 진즉에 깨닫지 못한 미욱함을 어쩌랴. 세월이 지나도 깨닫지 못하면 삶의 진전은 없다. 느림과 비움의 미학은 말뿐이 아닌 실천이 중요한 것 아닐까.

나무줄기에 주렁주렁 매달린 녹색 빛 잎사귀마다 살아온 내력이 하나씩 담겨있다. 여린 잎새를 하나씩 들출 때마다, 어린 시절이 줄줄이 엮어져 나왔다. 어머니를 따라 시장에 갔다가 꽈배기 도넛을 받아들고 좋아라 했던 기억, 막냇동생이 동네 가게에서 달고나를 주머니에 몰래 넣어왔을 때 주인에게 데리고 가서 사과시켰던 기억, 어머니가 병이 나서 누워있을 때 밤새 기도했는데 이튿날 아침, 어머니가 아무렇지도 않게 일어난 기억, 마당에 우물을 깊이 파고 한참 있다가 물이 솟구쳐 올라 모두 환호했던 기억, 소풍 갈 때 싸주신 바나나를 고이고이 아꼈다가 집에 가지고 오니 까맣게 변색된 기억, 연탄가스를 마시고 일어나지 못해 이리저리 쓰러지다가 시원한 동치미 한 사발 마시고 깨어난 기억, 중학교 입시를 앞두고 늦은 밤에 졸지 말라고 어머니가 업고 마당을 한 바퀴 맴돌던 기억, 빨랫줄을 잡으려고 깨금발로 높이 뛰어오르다가 잘못 넘어져서 발목이 퉁퉁 부어올라 침을 맞았던 기억, 왼손으로 바느질하다가 시집 못 간다는 이웃집 아주머니 타박에 황급히 오른손으로 바꾼 기억, 아버지가 은행에서 가져오신 빳빳한 돈 모양 저금통을 받고 함박웃음을 지었던 기억, 등 주마등처럼 스쳐 가는 그 시절의 소소한 이야기는 한 편의 파노라마 사진처럼 길게 이어졌다.

벽에 새겨진 나무는 늘 나에게 말을 걸어왔다. 오늘은 기분이 좀 나아졌는지, 아픈 속은 어떠한지, 손주가 보고 싶어도 잘 참고 있는지, 그리운 사람을 여전히 그리워하고 있는지, 상처를 준 사람일지라도 미워하는 마음을 이젠 버렸는지, 제때에 식사를 하였는지, 글은 원하는 방향으로 잘 써지는지, 독서도 잘 진행되고 있는지, 오늘 기도도 무사히 잘 끝냈는지, 주름 하나 늘어도 훈장이라 생각하는지, 자식이 안부를 잊고 지나가도 섭섭하지 않은지, 그래도 하늘과 구름 및 산과 나무를 바라볼 수 있는 여력이 있음에 감사하는 마음으로 지내는지……

여름이 내게 들어와 꽃이 되었다

나뭇가지에 앉아있던 하얀 새 한 마리가 포르르 날아올랐다. 내가 즐겨 앉는 책상 모서리에 살포시 걸터앉아 내 쪽을 물끄러미 바라보았다. 삶에 체념이란 단어는 없다는 걸 나직이 속삭이며 내 안색을 살폈다. 미래는 희망적일 거라고 말하지만, 절망과 희망의 절반쯤에 서있는 자신을 보고 망연해졌다. 그렇게 삶이 희망적이거나 절망적인 건 아니다. 노인이 되어가는 삶에서 진즉에 포기할 건 포기했고, 앞으로도 포기는 점점 늘어갈 것이다. 절망적인 삶은 아니지만, 푸른 희망을 노래하는 삶도 결코 아니다. 회색빛 도시에서 화석처럼 묵묵하게 살아가는 것일 뿐. 젊음과는 거리가 멀다고 포기하는 것 또한 아니다. 그냥 살아가는 한 걸음 한 걸음이 평범함을 넘어서지 못할 뿐이다. 대단한 성과를 도출할 일도 크게 사고를 칠 일도 없는 덩둘한 삶을 사는 것뿐이니까.

나무 옆에는 어린 손주들의 서투른 손 글씨와 작품 등이 배열되어 있다. 벽에 새겨진 나무와 손 글씨와 작품은 세월이 가도 변함이 없다. 삐뚤빼뚤 쓴 자기 이름과 숫자에는 고사리 같던 어린 손주의 손길이 오롯이 남아있었다. 새의 깃에 붙인 반짝이가 햇빛에 반사되는 순간, 지는 해를 잡지 못한 아쉬움에 깃을 높이 세웠다. 나무는 늘 푸른 잎새를 달고 내게 희망을 건넨다. 평생 늙지도 않을 것 같은 나무 옆에 놓인 등걸에 잠시 기댔다. 오늘 하루도 내 역사의 한 페이지에 담겼다. 평범한 일상이지만 하루가 쌓여 인생이 영그는 것일 테니까. 내일 아니 모레도, 나뭇등걸은 내게 아낌없이 또 자리를 내어줄 것이다. 내어주는 삶에 익숙한 나무에게 묻는다. 매일이 행복하냐고. 나무가 웃는다. 나도 따라 웃는다.

여름이 내게 들어와 꽃이 되었다

실패를 사는 가게

좋은 꿈을 꾸면 딸아이는 가끔 팔라고 주문한다. 푸른 바닷물이 집 안까지 들어와 넘실거리거나 황금을 본 꿈은 예삿일 같지 않고 무언가 기대를 하게 만든다. 그러나 꿈에서라도 실패를 사는 법은 없었다. 실패를 계속 사야 꿈을 팔게 될 순간을 맞이할 수 있지 않을까. 실패를 도전이라는 말로 바꾸면 쉽게 이해가 된다. 실패는 무모한 도전의 결과라지만 한 걸음 전진하는 기회가 되는 것이다. 실패를 사는 가게를 열고 싶다. 실패를 겪게 될 모든 가능한 경우의 수만큼 가게의 물건은 가짓수도 다양해질 것이다. 실패를 겨냥한 가게니까 누구라도 부담 없이 물건을 고를 수 있지 않을까. 어린이들은 줄넘기 연습할 때 줄에 걸릴까 봐 두려워 겁을 낸다. 줄넘기 줄에 많이 걸릴수록 과자를 더 많이 먹게 된다면 실패를 두려워하지 않게 되겠지. 줄넘기가 하나의 놀이로 여겨져서, 잘해야 한다는 부담을 덜 수 있지 않을까. 한글 받아쓰기가 제도적으로 점점 없어져 가고 있긴 하지만, 한글의 받침은 어릴 때 자꾸 헷갈리기 마련이다. 틀린 받침을 하나씩 스스로 알아낸다면 보상을 주는 방식으로 실패를 사면 어떨까. 받아쓰기를 학습 놀이로 즐기는 모습이 불 보듯 뻔하다. 실패와 성공의 잣대를 크게 구분하지 않으면 된다. 실패해도 보상을 하고 성공해도 보상을 한다면 실패를 크게 두려워하지 않을 것이다. 교육의 방향이 성공을 위한 방식으로만 흘러가지 않는다면, 더욱 많은 실패로 하고 더더욱 성공을 이룩할 토대가 마련되지 않을까.

실패를 사는 가게를 연다면 사람들이 구름처럼 몰려들지 않을까. 입시와 취업과 사업에 실패한 사람들은 이미 소중한 가치를 하나 얻었으니까. 처음이 어렵지 또 실패해도 처음처럼 크게 동요되는 않을 테니까. 실패는 또 다른 성공을 여는 문이 되지 않을까. 절실한 사람은 지난 시간을 복기해보며, 실패한 부분에 방점을 찍고 다시 도전할 엄두를 낼 것이다. 실패를 사주니까 원 없이 도전을 해도 손해 볼 일은 없다. 그러면 삶을 대하는 자세부터 달라지지 않을까. 실패해도 먹고 살 수가 있다면 계속 도전해 볼 수 있는 기회가 충분하니까, 절대 서두르지 않을 것이다. 실패한 사람의 얼굴에 동요나 사색(死色)의 그림자가 덮쳐올 때, 실패자라는 낙인은 기정사실이 되어 더 깊은 나락으로 떨어지게 되는 원인이 되었던 거니까. 실

여름이 내게 들어와 꽃이 되었다

패를 인생의 과정이라고 여기게 만들자. 실패를 부끄럽지 않게 여기게 된다면 행복의 기준도 그리 높아 보이지 않을 것이다.

실패를 틀렸다고 정형화된 틀에 가두는 대신 다를 뿐이라고 유연하게 바라보는 태도가 중요하다. 문항에 알맞은 답을 하나만 고르라고 하는 다지선다형에 익숙해진 우리 아이들은 주관식 문제 앞에서 자신의 의견을 도무지 피력하길 주저한다. 틀린 답을 고를지언정 문제에 대한 이해도가 높으면 학습 목표에 도달한 것이다. 정답 하나에 목숨 줄을 걸고 있는 수험방식이 문제다. 우연히 고른 답이 정답일 경우, 자꾸 우연을 필연으로 만들 정답 찾는 기술만 연마하는 것이 옳은 지도법일까. 정답을 제대로 못 고른 실패가 인생의 방향마저 결정을 짓는다면, 이 또한 슬픈 일이다. 손자가 주관식 수학 문제 푸는 방법을 가만히 들여다보았다. 일단 복잡한 문제를 읽고 한참을 고민하다가 답부터 써 내려갔다. 식을 먼저 쓰라고 주문한 내가 틀렸다. 먼저 정답이 나오고 풀이 해법을 쓰는 아이의 방식을 존중해 주지 않은 것이다. 다양한 해법으로 문제의 풀이에 접근하는 아이를 보고 절로 웃음이 나왔다. 자기 생각대로 문제를 풀어가면서, 집중하여 틀린 부분을 지적해 내고 다시 풀이를 하곤 했다. 스스로 실패를 인정하고 다시 해법을 찾는 데서 성공을 열리는 것이다. 어려운 한 문제를 가지고 골머리를 앓는데 슬쩍 끼어들었다. 오늘 잘 모르는 문제에 대한 해답을 내일은 알 수 있을 거라며, 한 시간

동안이나 움직이지 않고 문제를 열심히 풀었다는 사실에 대해서 칭찬하였다. 앞으로도 수많은 학과를 공부하며 문제의 알맞은 해답을 찾느라 골몰할 것이다. 실패의 확률이 높을수록 성공으로 가는 길이 더 단단하게 다져지지 않을까. 실패의 이력은 성공했을 때도 크게 흔들리지 않는다. 담담하게 또 다른 실패를 위해서 발을 내디딜 준비를 하고 있는 거니까.

에디슨의 성공을 말하는 사람들은 그가 수천 번이나 전구 실험을 하면서 겪었을 실패에 대한 고뇌와 아픔을 애써 말하지 않았다. 피나는 실패 뒤에 온 값진 성공으로 말미암아, 인류의 문명은 눈부신 발전을 이루었다고 하는 결과론적인 발상이 다소 아쉽기만 하다. 고생을 안 하고 운이 좋아서 바로 톱스타에 오른 이들의 방황을 굳이 언급하지 않아도, 성공이란 피나는 도전과 수많은 실패 뒤에 맛봐야 진정으로 자기 것이 되는 게 아닐까. 따라오는 겸손은 그 사람의 소양과 품격이다. 뒤늦게 정상에 선 사람은 자기 자신을 낮출 줄 안다. 주변인들과 같이 평범한 사람이란 걸 오랜 무명을 겪으며 몸으로 체득한 값진 경험이 있으니까. 실패의 경험이야말로 인간을 가치 있게 만드는 자산이다. 실패를 사는 가게에 사람들이 많이 몰려들수록 희망은 비례해서 더욱 커지지 않을까. 수많은 실패를 겪어본 사람은 성공의 맛을 간절히 염원할 테니, 날로 눈부신 발전을 이룰 것이다. 실패를 사는 가게가 우후죽순처럼 많이 늘어나서 실패를

여름이 내게 들어와 꽃이 되었다

경험하는 학생들과 젊은이로 넘쳐나기를. 입에 쓴 열매가 몸에 좋은
것처럼.

매화꽃처럼
환하게
웃을 수 있을까

오랜만에 길을 나섰다가, 나뭇가지 끝에 움트는 연둣빛 어린잎을 보며 설렜습니다. 갑자기 눈앞이 환하여져 멈추어 선 채, 흐드러지게 핀 매화꽃의 샐쭉대는 미몽에 젖어들었습니다. 창끝에 내려앉은 따스한 빛살에 의지하여 멀찍이서 관망하다가 눈에 살아있는 봄을 담다니, 입꼬리가 절로 올라갔답니다. 겨우내 밀실에서 다져둔 응축된 힘을 펼친 오늘이야말로 멋진 생의 한순간은 아닐는지요. 한참을 서서 바라보며, 눈부신 생장을 늦도록 알아채지 못한 게 미안했지요. 아무도 없으면 그 곁에 오래 머물고 싶었습니다. 무심히 스쳐 지나던 나무들도 깊은 묵상을 끝내고 화려한 외출을 서두르나 봅니다. 찬찬히 살펴보니, 새로 움트는 가지마다 힘찬 결기로 가득 차 있더군요. 한 줄기의 볕살도 놓치지 않고 감싸 안으려는 듯, 자세를 낮추고 있습니다. 하릴없이 비척이며 거닐다가, 만발한 매화꽃에 그만 기운이 되살아났지요. 눈에 뜨인 노란 국화과의 식물 앞에 선 아예 주저앉아 감상하였답니다. 여리고 오목조목한 꽃이 저리도 천진하게 빛날 줄이야. 헌 이 빠진 사이로 들고 나는 찬바람에 마음마저 잔뜩 움츠렸는데, 매화꽃과 노란 들꽃 앞에서 그만 무장해제되고 말았지요. 누가 보면 실없는 사람이라 해도, 자꾸만 웃음이 새어 나왔습니다. 봄꽃과 마주하는 찰나, 손꼽아 기다린 해후여서 그런지, 애써 담담하게 축원의 인사를 나눌 수는 없었지요.

매화꽃을 하염없이 바라보다가, 무심코 지나쳐가는 청년에게 매화나무 쪽으로 손짓했지요. 청년의 눈이 알아채는 순간, 우리는 마주 보고 웃었답니다. 매화꽃 하나로 모르는 이와도, 한창 무르익는 봄의 온기를 나눌 수 있음에 신기했어요. 눈으로 마신 연분홍빛 봄을 여투어 허리춤에 꼭꼭 쟁여 두렵니다. 가슴 속에 깃든 황량한 겨울바람도, 봄꽃 내음의 기세에 밀려서 어디론가 숨어버리겠지요. 내일도 매화꽃의 얌전하면서도 기품 넘치는 자태를 보러, 마실을 나가볼까 합니다.

2023년 3월 찬란한 매화꽃 옆에서
송 지 연

초판 1쇄 발행   2023. 5. 8.

지은이   송지연
펴낸이   김병호
펴낸곳   주식회사 바른북스

편집진행   김재영
디자인   최유리

등록   2019년 4월 3일 제2019-000040호
주소   서울시 성동구 연무장5길 9-16, 301호 (성수동2가, 블루스톤타워)
대표전화   070-7857-9719 | **경영지원**   02-3409-9719 | **팩스**   070-7610-9820

•바른북스는 여러분의 다양한 아이디어와 원고 투고를 설레는 마음으로 기다리고 있습니다.

이메일   barunbooks21@naver.com | **원고투고**   barunbooks21@naver.com
홈페이지   www.barunbooks.com | **공식 블로그**   blog.naver.com/barunbooks7
공식 포스트   post.naver.com/barunbooks7 | **페이스북**   facebook.com/barunbooks7

ⓒ 송지연, 2023
ISBN 979-11-92942-86-5 03810

•파본이나 잘못된 책은 구입하신 곳에서 교환해드립니다.
•이 책은 저작권법에 따라 보호를 받는 저작물이므로 무단전재 및 복제를 금지하며,
 이 책 내용의 전부 및 일부를 이용하려면 반드시 저작권자와 도서출판 바른북스의 서면동의를 받아야 합니다.